소설 성철 2

일러두기

- 정론화된 사실에 근거했으나 소설적 개연성을 얻기 위해 불가피하게 재구성했음을 밝힌다.
- 스님의 치열한 수행 과정을 서술함에 있어 최대한 객관성을 유지하려 했으나 필자의 주관적 감상도 작용했음을 밝힌다. 이때의 소설 형식은 완전히 정보화되고 인식된 재구성을 의미함과 동시에 어떤 선입견에 의한 것이 아닌 오로지 소설적 기술임을 밝힌다.
- 일일이 열거할 수 없을 정도로 수많은 문헌의 도움을 받았다. 대동소이한 문헌들이 대부분이었으나 불필 스님의 《영원에서 영원으로》, 김택근의 《성철 평전》, 원택 스님의 《성철스님 시봉이야기》 등을 많이 참고했다.
- 성철 스님이 직접 쓰신 글들은 그대로 실었다.
- 어쩔 수 없이 실명을 사용하지 않을 수 없었다. 그들의 명예를 실추시키기 위한 작업이 아님을 밝혀두면서 혜량을 바란다.

소설 성철

2

백금남 장편소설

마음서재

차례

3장 만법이 하나로 돌아가다

4장 열반의 길

3장

만법이 하나로 돌아가다

달의 눈썹

1

여기가 어딘가? 눈을 뜨면 파도 소리가 을씨년스러웠다. 섬 전체가 하나의 절집이다. 간조 때는 육지였다가 바닷물이 차면 다시 섬이 되어버리는 곳. 이성계의 왕사였던 무학대사가 달을 보고 깨달음을 얻었다던가. 그리하여 이름 붙여진 간월도看月島.

옛날엔 절이 들어설 곳이 아닌데도 백여 개의 절이 서산에 있었다고 한다. 그러나 유학에 밀려 하나둘씩 폐사되었고 간월암 또한 폐사되고 말았으니 부침을 알 만하다. 그 후 간월도가 명당이라는 소문이 나면서 양반네들의 무덤이 되었고, 이를 안타까워한 만공 스님이 간월도로 들어와 간월암을 중창했다.

성철이 간월암에 들어온 지 벌써 보름이 되었다. 처음에는 도무지 믿을 수 없었다. 일찍이 그에 대해 모르는 바 아니었지만 늙은이가 바로 만공이라는 사실을 알았을 때의 놀라움은 쉬이 사라지지 않았다. 그가 경허 스님의 맏제자요 관섭의 사형이었다는 사실은 더 큰 충격으로 다가왔다. 꼭 한 번은 만공 스님을 뵙고 싶었는데 이렇게 이루어졌으니 아무리 생각해도 기묘한 인연이었다.

이곳에 와서야 자세히 알게 되었지만 만공 스님은 예사로운 인물이 아니었다. 전라북도 정읍에서 태어난 그는 이른 나이에 불문에 들었다. 본관은 여산, 본명은 송도암, 법명이 월면, 법호가 만공이다. 어느 날 절에서 불상을 보고 있다가 출가를 결심하고 계룡산 동학사로 가 진암眞巖 문하에서 머리를 깎았다. 훗날 경허 스님의 진속불이眞俗不二의 무애행에서 진리의 당체當體를 깨닫고는 평생을 간화선으로 일관했다. 특히 이론과 사변을 배제한 무심 화두를 펼쳤는데 그것이 바로 무자無字 화두였다. 경허의 선종 법맥은 만공 스님에게로 이어졌다.

하루는 만공이 경허 스님에게 물었다.

"무자가 무엇입니까?"

경허 스님이 대답했다.

"만법이 하나로 돌아가느니라."

그때부터 만공 스님은 무자 화두를 짊어지고 다녔다. 그러던 어느 날 아산 봉곡사에서 새벽 범종 소리를 듣고 대오한 후 서산 천장암에서 경허 스승으로부터 전법게를 받았다.

그의 명성을 듣고 사람들이 법문을 듣기 위해 찾아오자 이런 노래를 불렀다.

앞산의 딱따구리는
없는 구멍도 뚫는데
우리 집 양반은 있는 구멍도 못 찾네

마을 사람들은 노래가 너무 해괴망측해 그대로 돌아가 버렸다. 그러자 상좌들이 물었다.

"스님, 왜 그러셨습니까?"

"내 노래가 바로 법문이니라."

만공 스님은 1937년 일제가 불교를 탄압하자 조선총독부 미나미 지로 총독에게 정면으로 맞섰다. 그때 그는 마곡사 주지 소임을 맡고 있었는데 당시 조선총독부 회의실에서는 조선 31본산 주지 회의가 열리고 있었다. 총독부가 일본 스님들처럼 결혼할 수 있는 대처 불교를 강요하자 이를 참지 못한 만공 스님이 자리에서 벌떡 일어났다.

"이 무슨 해괴망측한 소리인가? 전 총독 데라우치 마사타케도 그러더니 뭐 어째고 어째? 조선 불교를 왜색화하자고? 말로는 독실한 불자라면서 조선 불교를 훼손하려는 자가 과연 참다운 불자인가? 너희들은 죽어서 지옥에 떨어질 것이다."

"스님, 무슨 말을 그렇게 하시오?"

미나미 총독이 발끈했다.

"불쌍하도다. 그렇다고 너희들을 지옥에서 구하지 않을 수 없으니 이를 어찌할 것인가. 이 나라의 불보살佛菩薩들이 참으로 처량하고 위대하구나."

만공의 조롱에 미나미는 참지 못하고 이를 갈며 총독부 회의실을 나가버렸다.

한번은 신여성으로 유명한 일엽과 나혜석이 만공을 찾아왔다.

"뭐라고? 출가를 하겠다고?"

"그렇습니다."

"너희들은 승려 될 팔자가 아니야."

끝까지 그녀들이 물러나지 않자 만공은 돌아앉아버렸다.

그 후 일엽은 남아서 비구니가 되었고, 나혜석은 하산하고 말았다.

2

성철이 만공 스님을 따라 간월도로 온 지 벌써 한 달이 지났다. 모두 탁발을 나가고 혼자 암자를 지키는데 저녁 무렵 탁발 나갔던 스님들이 허겁지겁 뛰어들었다. 하나같이 바랑을 멘 채 헐떡거리는 모습이 이상해 성철이 물었다.

"왜들 그러십니까?"

스님들이 말도 말라는 듯 손을 내저었다. 만공 스님이 허허 웃다가 한 제자에게 물었다.

"다리가 아프냐?"

제자가 고개를 저었다.

"더우냐?"

제자는 뻘뻘 흐르는 땀을 닦느라 정신이 없었다.

"보아라. 내 뭐라고 했느냐."

"스님도 참."

제자의 말을 들어보니 다음과 같은 사연이었다.

지독하게 더운 날씨에 먼 곳까지 탁발하러 갔는데 잘되지 않아서 절에 돌아오는 발걸음이 무거웠다. 제자는 따갑게 내리쬐는 햇살에 거의 죽을 지경이었다.

밭둔덕을 걷던 제자가 만공 스님에게 청했다.

"스님, 좀 쉬었다 가시지요."

"어서 가자. 이러다간 해질녘까지 절에 돌아가지 못해."

"그렇긴 하지만, 더워서 도무지 움직일 수가 없습니다."

"그래?"

만공 스님이 잠시 생각하다가 말했다.

"쉬지 않고 한달음에 절에 가는 방법이 있다."

"예?"

제자가 눈을 휘둥그레 떴다.

"무슨 말씀입니까?"

"전혀 다리가 아프지 않아. 순식간이야."

"스님, 지금 농담하십니까?"

"두고 봐라."

만공 스님은 밭에서 일하고 있는 마을 아낙네에게 다가갔다. 제자가 스승을 바라보았다.

'왜 저러시지?'

스님은 갑자기 아낙네의 몸을 더듬고 입맞춤을 했다.

"에구머니나!"

놀란 아낙네는 버둥거리며 비명을 질렀다. 그러자 허리를 굽히고 일하던 아낙네의 남편이 소리 나는 곳으로 눈을 돌렸다. 웬 스님이 부인을 안고 입맞추는 모습에 놀란 남편이 소리 질렀다.

"아니 이게 무슨 짓이야!"

아낙의 남편이 낫을 들고 달려왔다. 만공 스님과 제자는 줄행랑을 쳐 한달음에 절에 당도했다.

3

별도 없는 저녁, 파도 소리가 높았다. 그렇게 간월도의 하루도 흘러가고 있었다. 성철이 절 뒤로 비치는 노을의 역광에 취해 있는데 만공 스님이 다가오더니 불쑥 물었다.

"화두가 무엇인가?"

"구자무불성입니더."

"허허, 인연은 인연인가 보네. 개 잡는 놈이 여기 또 있으니. 그래, 개를 몇 마리나 잡았나?"

"갈 길이 일만 리입니더."

성철은 문득 관섭이 얘기하던 일원상을 떠올렸다. 간월도로 와서 그의 방에서 맨 처음 본 것이 바로 일원상이었다. 만공 스님은 웃다가 무언가 생각난 듯 멀거니 노을을 바라보았다.

"저 거리가 얼마나 될 것 같은가?"

"예?"

"낙조가 펼쳐진 거리 말이여."

"그걸 어떻게 말로 할 수 있습니꺼?"

갑자기 만공 스님의 얼굴이 험악하게 변했다.

"뭐야? 동굴 안에 서서 선정에 들던 그 사람이 맞는가?"

성철은 갑작스러운 만공 스님의 태도가 믿어지지 않아서 깜짝 놀랐다. 한 늙은이가 무서운 얼굴로 거기 있었다. 지금껏 자신을 대하던 표정이 아니었다.

"스님!"

"내가 자네를 여기로 왜 데리고 왔는지 알겠는가?"

"예?"

"재목이다 싶어서 데려왔는데 뭐여? 그걸 우째 알겠냐고? 뭘 몰라? 그 속에 있잖나배. 그 빛 속에."

성철은 그 순간 가슴이 철렁 내려앉았다.

"허허, 이제 보니 혹싸리에 지나지 않네. 내가 잘못 봤나?"

4

성철이 선정에 든 지 꽤 많은 시간이 흘렀지만 수마는 여전히 물러가지 않았다. 어떡하든 만공 스님이 말하는 경지에 이르고 싶었지만 번뇌 망상은 사정없이 뇌리를 물어뜯고 있었다.

성철이 수행을 열심히 하고 있는데도 만공 스님은 가타부타 전혀 반응이 없었다.

어느 날 성철은 만공 스님이 계신 곳의 방문을 열고 들어갔다. 만공 스님은 척추를 세우고 참선하다가 성철이 들어선 것을 보고 이내 자세를 고쳐 앉았다.

성철이 어금니를 지그시 물었다가 입을 열었다.

"큰스님, 저에게 큰마음을 얻는 법을 가르쳐주이소. 수시로 일어나는 이 의심병을 누를 길이 없습니더."

만공 스님이 눈을 크게 뜨고 대답했다.

"그게 무신 소리래?"

만공 스님의 음성은 어느 때보다도 진지했다.

"나는 이미 그 길을 네게 가르쳐주었다."

"제 근기가 약함을 압니더. 그래서 무던히 노력했지만 아직도 볼 수 없으니 하는 말입니더."

"무엇을 본단 말인가?"

"빛 말입니더."

만공 스님은 눈을 감고선 아무 말이 없었다. 그의 표정은 이렇게 말하고 있는 것 같았다.

'왜 내가 그 마음을 모르겠느냐. 절대 자유를 향한 너의 신심을. 그 길로 가기 위해 그분들에게서 길을 얻어보겠다는 너의 심정을 내가 어찌 모르겠느냐. 나로서도 어쩔 수 없으니 참으로 딱하구나.'

성철은 더욱더 볼멘소리를 냈다.

"스님, 솔직히 지금 저로서는 너무 피상적이란 생각밖에 들지 않습니더."

만공 스님은 참으로 딱하다는 듯이 성철을 노려보다가 입을 열었다.

"그라제. 하지만 열심히 수행하다 보면 알 수 있을 것이야."

"스님, 이 모자란 제자를 가엾게 여기신다면 그 길을 가르쳐주이소."

성철의 말에 만공 스님이 다시 눈을 치떴다.

"나도 모른다. 말도 안 되는 소리. 입이 열 개라도 내 느낌을 너에게 다 전할 수가 없느니라."

"말이 안 되는 소리는 스님이 먼저 하셨습니더."

"그래 맞다. 하지만 대승의 법을 어떻게 너에게 가르쳐야 할지 나는 모른다."

"대승으로 거듭날 수만 있다면 뭔들 못하겠습니꺼. 그렇다면 저에게 대승의 세계로 갈 수 있는 힘이라도 주이소."

“주고 자시고 할 것도 없다. 나는 이미 그 길을 너에게 가르쳤으며 힘을 주었느니라. 선의 본질이 무엇이야? 거스르지 않고 강물처럼 그저 흘러가는 것이다. 그 물줄기를 거슬러서는 설령 그분들에게서 길을 찾는다 하더라도 결코 종착점에 이를 수가 없느니라.”

만공 스님은 그렇게 말한 후 방문을 열고 밖으로 나갔다. 그는 앞서 걸었고 성철이 뒤를 따랐다.

만공 스님이 성철을 데려간 곳은 관음전이었다. 안으로 들어선 성철은 깜짝 놀랐다. 네모난 반상이 있었다. 겨우 한 사람이 결가부좌할 정도의 작은 크기였다. 네모난 구석구석에는 한 자나 되는 칼이 꽂혀 있었고 사이사이에는 네 개의 칼이 시퍼렇게 꽂혀 있었다. 칼끝은 송곳처럼 매우 날카로웠다.

“저것이 무엇인지 알겠는가?”

“예?”

“부처님의 금강좌金剛座이다. 너를 부처로 일으켜 세울 자리이지. 저 금강좌에서 한 열흘만 견뎌보면 알 거다. 그라믄 무슨 소식이라도 듣지 않겠느냐.”

성철은 어이가 없어 만공 스님을 뚫어져라 보았지만 스님은 모른 체하고 시선을 돌려버렸다.

"졸았다 하믄 절단나고 말 것이야. 대단하지? 우째 저런 것을 짰을까. 나도 저 반상 위에서 식겁했지. 하지만 어쩔 것이야. 견뎌야 했으니까. 한 열흘, 아니 열흘이 뭔가. 한 달은 견뎠을 것이야. 그때 눈을 감으나 뜨나 스스로에게 묻고 대답했지. '견딜 수 있겠는가?' 못 견디면 차라리 중질 그만두자고 아예 작정했다. 그래도 좋다며 했어. 어쩔 것인가? 견딜 수 있겠는가?"

만공 스님의 말에 겁이 났지만 성철은 이상하게도 할 수 있다는 강한 용기가 솟았다.

"해보겠습니더."

만공 스님이 웃었다.

"잘 생각했네. 그래야 쓰지. 못 견디면 끝이다 생각하고 달려들어봐."

"알겠습니더."

깊은 밤 성철은 결전을 다지는 용사처럼 반상에 올랐다. 앞뒤와 옆에 수없이 꽂힌 칼날이 어서 오라는 듯 번쩍였다. 한순간 졸았다 하면 죽어나갈 것이 분명했다. 성철은 결가부좌하고 선정에 들었다.

'꼭 이래야만 깨침을 얻을 수 있을까?'

몸을 잠시 흔들었다. 반개한 눈앞에서 칼날이 흔들렸다. 정신이 번쩍 들어야 할 텐데 망상이 일었다. 새소리가 들리다가 장구 소리가 들리고, 여인의 웃음소리에 이어 남녀가 성교에 열을 올리고 있다. 닭이 울고 엿장수의 가위 소리도 들린다.

'아아, 왜 이럴까?'

5

하룻밤을 어떻게 참아냈을까. 저절로 하품이 나왔다. 만공 스님의 시자가 들어오더니 조죽 한 종지를 놓고 갔다. 조죽을 주러 온 게 아니라 성철이 어떻게 수행하고 있는지 살펴보라고 만공 스님이 보낸 것 같았다.

죽을 먹으면서도 마치 모래알을 씹는 느낌이 들었다. 다 먹고 나자 일시에 식곤증이 몰려와서 눈꺼풀이 천근만근 무거웠다. 꾸벅꾸벅 졸다가 죽을지도 모른다는 생각에 겨우 정신을 차렸는데 시자가 양동이를 들고 들어왔다. 거기에 대소변을 보라는 뜻이었다. 시자는 양동이를 놓고 나간 후 아예 밖에서 관음전 문을 잠가버렸다.

법당 안에서 대소변을 본 건 처음이지만 기분은 시원했다. 대소변을 보고 신문지로 덮어놓았는데 냄새가 고약했다. 다시 하루가 지났다. 공양 때가 되면 어김없이 죽 한 그릇이 들어왔다. 그러는 동안 평소 관음전에 모이던 스님들은 다들 어디로 도망갔는지 그림자도 보이지 않았다.

성철은 계속 선정에 들었다. 졸다가 칼끝에 이마를 찔려 피가 흘렀다. 뒤로 넘어지려는 순간 잠이 깨는 바람에 얼른 정신을 차려 돌아보니 차디찬 칼날이 자신을 노려보고 있었다. 이러다 죽을지도 모른다는 공포가 떠나지 않았고 자꾸 수마가 몰려왔다. 이대로 죽는 한이 있더라도 더는 물러설 수 없었다.

나흘을 견뎠다. 이제는 될 대로 되라는 심정으로 반상을 벗어나서 벌렁 드러누워 잤다. 그러다 누군가 걷어차는 바람에 눈을 떴다.

"허, 이놈이 코까지 골고 있네."

벌떡 일어나니 만공 스님이 눈이 뒤집혀 내려다보고 있었다. 얼어붙은 쇳덩이처럼 차가운 음성이었다.

"이놈, 지금 뭐 하는 것이야?"

성철은 후다닥 일어났다.

"뭐 이런 놈이 다 있나. 될성부른 나무는 떡잎부터 알아본다 했는데 나흘도 못 견디고. 심전心田에 잡풀만 가득하니 어찌 대승의 법을 볼 것인가."

"잘못했습니더. 너무 지쳐서 그만…."

"시끄럽다."

만공 스님이 돌아서서 소리쳤다.

"야, 봐라."

지나가던 스님들이 몰려왔다.

"어서 이놈을 여기서 끌어내라."

성철이 어쩔 줄 모르고 섰는데 스님 둘이 들어오더니 그의 팔을 붙들고 밖으로 나갔다.

"쎄 빠질 놈이 법당 안을 온통 통시깐으로 만들어놓았구먼그래."

만공 스님이 저주스럽게 중얼거리다 말고 손가락을 창날처럼 세워 성철을 가리켰다.

"나가라. 네놈은 이 섬을 벗어나 차라리 도야지 우리로 가는 게 더 낫다."

그 말을 듣자 울화가 치밀었지만 성철은 애써 참고 합장한 뒤 다소곳이 빌었다.

"잘못했습니더."

"시끄럽다. 선객이 힘들다고 도야지처럼 드러누워? 선객이 화두를 던졌다면 그게 도야지가 아니고 뭐냐? 여기는 도야지를 키우는 곳이 아니다. 어서 나가라. 나가서 도야지와 함께 우리에서 살아라."

성철은 분노를 억누르며 만공 스님을 노려보았으나 습관처럼 울화를 삭였다.

"잘못했다고 빌지 않습니꺼."

"필요 없다. 봐라. 저 도야지를 여기서 쫓아내라니께 뭐하고 있는가?"

스님들이 달려들자 성철은 결국 폭발하고 말았다.

"스님! 스님이 어떤 수행으로 대도大道에 이르렀는지 모르나 그것은 스님의 주장일 뿐, 스님 또한 증명하실 수는 없지 않습니꺼?"

만공 스님이 할말을 잃고 우두커니 입을 벌리고 섰다가 한마디를 내뱉었다.

"오메 오메, 이 잡것이 승질 제대로 부리네이. 지금 나를 의심하고 있다는 그 말인겨?"

"그렇지 않습니꺼. 만약 이렇게 수행을 해서 깨쳤다면 그걸 한번 제게 입증을 해보이소."

만공 스님이 어처구니없다는 듯 성철을 노려보다가 소리쳤다.

"뭐 하는겨! 당장 저놈의 도야지 안 내쫓고!"

달빛이 부서졌다. 밤이 가고 날이 밝았다. 희망의 해가 솟고 슬픔의 해가 졌다. 칼이 둘러 박힌 금강좌에서 며칠 동안 삼매에 들었는지 도무지 알 수 없었다. 쫓겨난 바닷가에 그냥 앉아 있었다. 도저히 이대로 물러날 수 없었다.

성철은 다시 관음전에 숨어들어 금강좌에 몸을 맡겼다.

관음전에서 성철이 수행하고 있는 걸 아는지 모르는지, 만공 스님은 오지도 가지도 않았다. 그러다 사미가 성철을 발견하고는 기겁했지만 이상하게도 공양 때마다 죽그릇을 들이고 변기통을 내갔다. 그 누구도 간섭하지 않고 말리지도 않았다. 그렇다고 만공 스님이 나타나지도 않았다. 그런 와중에 날이 가고 달이 갔다.

성철이 간월암 금강좌에서 마침내 밖으로 나왔을 때는 시린 바람만 불고 있었다. 가라는 사람도 없었고 더 붙잡는 사람도 없었다. 밀려오는 파도와 불어오는 바람만이 그의 옷깃을 붙잡을 뿐이었다.

아, 어머니

1

간월도를 나와 성철의 발길이 닿은 곳은 오대산 월정사였다. 이곳에서도 조선총독부의 불교 탄압은 극에 달했다. 그들은 조선 불교의 전통과 위상을 말살하려고 온갖 개수작을 부리고 있었다.

"저들이 들어오면서 선불교가 망가졌어요. 글렀어요. 일본 놈들 때문에 왜색 불교가 완전히 틀을 잡았어요. 한때 이 땅의 불교를 걱정하던 경허 스님 같은 분이 한 사람만 더 있어도…."

성철은 경허 스님이 1899년 해인사에서 영호남 사찰을 중심으로 수선결사修禪結社와 선원재건운동을 펼쳤다는 말을 만공 스님에게 듣고 속으로 피눈물을 흘렸다. 경허 스님

같은 분이 있었기에 이 나라의 수좌를 육성할 수 있었고 오대산 상원사, 금강산 마하연사, 덕숭산 정혜사, 묘향산 보현사 등 몇몇 선찰들이 왜색 불교 아래에서도 그나마 명맥을 유지할 수 있었다.

당시 오대산 상원사에는 경허 스님의 법제자인 한암 스님이 주석하고 있었다. 서울 봉은사 조실로 있던 그는 여자를 취하고 고기를 먹는 등 대처육식을 일삼는 왜색 불교로부터 상원사의 선방을 온전히 지켜내고자 했다. 그는 다음과 같은 의미 있는 게송을 남기고 오대산 상원사로 몸을 옮겼다.

"내 차라리 천고에 자취를 감춘 학이 될지언정 삼춘三春에 말 잘하는 앵무새의 재주는 배우지 않겠노라."

선禪이란 것은 문자를 세우지 않는데 하물며 말로써 무엇을 세우겠느냐는 결연한 의지를 드러낸 후 오대산 깊은 산속에서 수좌들을 길러낸 것이다. 그 후 한암 스님은 오대산 상원사의 지킴이가 되었다.

상원사 수좌로는 금어선원을 학승의 방으로 만들어버렸던 탄허 스님이 있다. 그를 두고 동산 스님조차 "선의 무리가 아니다"라며 비웃을 정도였다. 하기야 탄허 스님이 늘 경전을 들고 다녔던 것도 사실이다. 그 정도가 아니라 아예 《화엄경》을 번역하고 편찬했으니 교승의 상징적 우두머리라고 해도 과언이 아니다. 사실, 이 나라에 탄허 스님만큼 박식한 이가 있겠는가. 천하의 지식인들이 탄허 스님 앞에서 무릎을 꿇었다.

그렇지만 탄허 스님은 선을 매우 중요시했다. 그는 경전을 읽다가 갑자기 선정에 들기도 했다. 말하자면 선교쌍수禪教雙手의 고수였다. 그런 탄허 스님을 과연 교승의 우두머리라고 단언할 수 있을까? 그의 스승이 누구인가. 이 나라 선승의 우두머리인 한암 스님이다. 또 다른 그의 스승이 누구인가. 이 나라 근대 불교의 중흥조인 경허 스님이다. 그리고 그들의 본찰은 해인사다. 한국 선불교의 중심이었던 해인사 퇴설당, 그들은 바로 그곳의 주인이 아니던가.

그러고 보니 동산 스님은 경허성우, 만공월면, 한암중원, 탄허택성으로 이어지는 경허 스님의 법맥이 아니라 용성 스님의 법맥을 이었다. 이는 무얼 말하고 있는가? 선교쌍수에 대한 의문은 점점 깊어만 갔다.

2

이듬해 성철은 월정사에서 나와 송광사로 들어갔다. 그곳의 말사인 삼일암에서 한철 하안거를 보내면서 고려시대 보조지눌의 저서를 독파했다. 책을 읽으니 닦음과 깨침의 세계가 확연해졌다. 그것은 바로 돈오점수와 돈오돈수였다.

성철은 두 사상에 관해 자신만의 견해가 정립되자 결국 보조지눌이 주창한 "먼저 깨달음을 얻은 뒤에 닦는다"는 돈오점수 사상에 동의할 수 없었다. 깨달음과 깨침은 분명히 다른 사상임을 알게 된 것이다. 깨달음이 지식, 즉 앎을 종자로 하는 것이라면 깨침은 앎을 비워내야만 비로소 얻을 수 있는 선의 세계였다.

성철은 송광사를 나와서 구름과 자연을 벗삼아 계속 운수납자雲水衲子의 길을 걸었다. 금강산 마하연사, 수덕사 정혜사, 은해사 운부암, 도리사, 복천암…. 그때 성철은 평생의 도반이 된 자운慈雲 스님과 청담 스님을 만났다.

몹시 추운 겨울이었다. 한철 동안거를 보내기 위해 금강산 마하연사에 들렀다가 자운 스님과 조우한 것이다. 그곳은 유서 깊은 고찰로서 승방이 쉰세 개나 될 정도로 이름난 선찰이었다. 의상 대사가 창건했으며 보우 선사가 출가했고 나옹 화상이 수행했던 곳이다.

자운 스님은 강원도 평창에서 태어났다. 열일곱 살 때 해인사로 출가하여 범어사에서 비구계를 받고 금강산 마하연사에서 정진하다가 성철을 만났다. 성철은 그가 눈빛이 맑고 호남형이라 생각했다. 나중에 알았지만 세속의 나이가 성철보다 딱 한 살 많았다. 그에 비해 청담 스님은 성철보다 무려 열 살이나 많았다.

성철이 청담 스님을 처음 만난 곳은 1941년 어느 늦가을 덕숭산 정혜사 능인선원이었다. 당시 성철은 만공 스님이 덕숭산 일대를 불교 성지로 만들기 위해 정혜사에 왔다는 소식을 듣고 금강산에서 한달음에 달려왔다. 이때 정혜사 능인선원에서 도반들과 담소를 나누던 청담 스님은 만공 스님을 보고 자신도 모르게 환희심이 일어났다.

"아, 말로만 듣던 만공 스님을 이렇게 친견하다니…."

한 도반이 벅찬 듯 말했다.

"친일승들을 향한 큰스님의 사자후는 지금도 전설이지, 아무렴."

"31본산 주지들이 더 큰 문제입니다. 신궁神宮에 찾아가서 단체로 참배를 하다니요. 황군 위문단은 또 뭡니까? 본산 주지들이 하나같이 친일로 돌아서는 모양입니다. 몽땅 왜놈 불교에 물들고 있으니 원. 주지들을 싹 바꿔야 합니다."

"나라를 팔아먹고도 모자라서 조선 불교를 황도화皇道化하려는 매국노 무리가 사라져야 해. 천황의 도니 뭐니 하면서 제국주의 전쟁을 미화하고도 성에 차지 않아 청년과 승려를 가리지 않고 닥치는 대로 전쟁터로 내모니…."

"그러게 말입니다. 조선 불교의 중앙기관인 조선불교중앙교무원이 일본군의 무운장구武運長久를 기원하기 위해 모든 절에서 제를 지낼 것을 하달하고 있으니 참말로 통탄할 일입니다. 게다가 참전을 부추기고 중앙 승려들이 일본군을 환송하게 하질 않나. 합장하며 절하도록 시키질 않나. 오죽하면 만공 스님이 일제와 친일승을 향해 한마디하지 않으셨습니까?"

"저기 만공 스님이 오십니다."

말을 나누던 도반이 문밖을 내다보며 말했다.

만공 스님은 지대방에 들어와 청담 앞에 가부좌를 틀고 앉았다. 그때 도반 하나가 문밖을 보면서 나지막하게 중얼거렸다.

"저 사람은 괴각쟁이가 아닌가?"

스님들의 눈이 일제히 밖을 향했다.

"저 사람이 어쩐 일이래?"

누군가 중얼거렸다.

괴각乖角은 괴짜를 말한다. 제방諸方에서는 성철을 두고 괴팍스러운 중이라 하여 괴각쟁이라 칭하고 있었다.

"누가 괴각쟁이인가?"

청담 스님이 도반에게 물었다.

"그것도 모르시오? 저 성철 수좌를 일컫는 말이오."

지대방에 들어선 성철은 만공 스님을 보고 눈이 동그래졌다.

"아니 스님!"

성철이 놀라서 소리치자 만공 스님도 덩달아 소리쳤다.

"어허, 괴각쟁이가 바로 자네였나 보군."

"소식은 들었습니다."

청담 스님은 두 사람의 대화를 엿들으며 성철을 흘끔거렸다. 눈이 부리부리한 데다 머리통이 크고 울퉁불퉁한 성철이 만공 스님에게 절하는 모습을 보면서 범상치 않은 인물이라 생각했다.

그날 밤 만공 스님이 마곡사로 돌아간 뒤 두 사람은 많은 얘기를 나눴다. 무려 열 살이나 나이 차이가 났지만 다담茶談은 물 흐르듯 자연스러웠다. 성철은 무례하게도 처음 본 청담 스님에게 반말을 했다. 청담 스님은 당황했으나 불문에서 맺어진 인연에 세속의 나이 따위가 무슨 소용이겠는가 싶어서 받아들였다. 자신과의 경계가 커 보였기 때문이다.

문제는 그 자리에 있던 청담 스님의 제자가 눈살을 찌푸린 것이다. 성철이 잠시 자리를 비우자 끝내 제자가 폭발했다.

"보자 보자 하니 너무하시는군요. 시래기밥만 처먹었는

지 스님께 함부로 하고 있지 않습니까?"

"괜히 괴각쟁이겠는가?"

똥이 무서워서 피하겠느냐는 말이었다.

"그렇다고 함부로 하다니요."

"관둬라. 처음에는 이상하다고 생각했다만 보통내기가 아니다. 나이는 어려도 속을 헤아려보니 나보다 열 배는 뛰어난 것 같구나. 부끄러울 지경이다."

제자는 스승의 눈치를 보다가 이내 물러났다.

성철은 능인선원에서 동안거를 하는 동안 시간이 날 때마다 자주 만공 스님을 찾아뵈었다. 때로는 만공 스님이 성철을 찾기도 했다.

"예전에 말입니더. 스님이 정혜사 주지를 맡았을 때는 어땠습니꺼?"

"말도 말게. 지금은 극락이지. 지붕도 없는 움막에 살면서 탁발이라고 해오면 겉보리 몇 줌이 다였어. 그걸 절구에 찧어 밥을 해놓으면 거의 절반이 빈껍데기였다네."

"청담 스님한테 듣기로는 그때, 성불하려면 가난해야 한다며 수좌들을 다독거렸다 카던데 지금도 가난하십니꺼?"

"중이 부자여서 어따 쓰게?"

"스님은 깨쳤다고 생각하십니꺼?"

성철이 비로소 본색을 드러냈다.

"깨쳤지. 이곳에서 보릿겨를 씹으면서 깨쳤지."

성철은 눈을 감았다.

'깨침이 얼마나 오롯하면 이렇게 거침없을 수 있을까….'

성철이 계속 눈을 감고 있자 만공 스님이 말했다.

"경허 스승께서는 십여 년이나 날 부엌데기로 마구 부려 먹었지. 화두는커녕 고기와 술심부름이나 시키고. 그런데 어느 날 타심통他心通이 열리더군. 사람의 마음이 환하게 보이더란 말이야. 그걸 안 당신께서 나무라더군. '이놈아, 그것은 술법術法이지 도가 아니야.' 어느 날 어린 행자가 '우주의 모든 것이 하나로 돌아간다는데, 그러면 그 하나는 어디로 돌아가는지요?' 하고 묻더군. 즉 '만법귀일 일귀하처萬法歸一 一歸何處'라는 물음이었지. 눈앞이 캄캄하더군. 그길로 무작정 온양 봉곡사로 갔어. 밤낮을 가리지 않고 화두 참선에 매달렸지. 이 년이 지난 어느 날, 맞아 바로 그날이었어. 1895년 7월 25일. 연도와 날짜까지 절대 잊지 못하지. 면벽좌선을 하는데 갑자기 눈앞의 벽이 모두 사라지고 허공법계虛空法界가 다 드러나질 않겠나."

그 후 만공은 다음과 같은 오도송을 남겼다.

빈산의 이치와 기운 고금의 밖에 있는데
흰구름 맑은 바람 스스로 오고가네
달마는 무슨 일로 서천을 건너왔는가
축시엔 닭이 울고 인시엔 해가 뜨네
空山理氣古今外 白雲淸風自去來
何事達摩越西天 鷄鳴丑時寅日出

그 후의 일은 만공 스님이 굳이 읊조리지 않아도 성철도 잘 알고 있었다.

만공 스님이 일차 깨침을 얻고 돌아왔을 때 스승인 경허 스님은 끝내 그의 오도를 인가하지 않았다. 그는 그길로 공주 마곡사 토굴로 들어가 삼 년간이나 보임補任했다. 하지만 경허 스님은 여전히 그의 오도를 인가하지 않았다. 새끼 사자를 벼랑 끝에서 밀어내고 있었던 것이다.

"이놈아, 그건 완전한 깨침이 아니야. 오늘부터 무자 화두를 다시 들거라."

만공 스님은 스승 경허가 내린 무자 화두를 들고 다시 정진했다. 그리고 마침내 서른하나에 양산 영축산 흰구름 떠도는 백운암에서 새벽 종소리를 들으며 우주의 본심이 드러나는 깨침을 얻었다.

깨끗한 반야 난초

때때로 깨달음의 향기 토하네

사람도 이와 같으면

비로자나 부처님이구려

淸淨般若蘭 時時吐般若

若人如是解 頭頭毘盧師

경허 스님은 그제야 그의 경지를 인가하고 만공이라는 법호를 내렸다. 그 답례로 만공 스님은 늘 마음에 걸렸던 스승의 담배쌈지와 곰방대를 새것으로 선물했다. 그때 스승은 아이처럼 좋아하며 나중에 죽거든 함께 묻어달라고 당부했다.

이렇게 인가를 받았지만 만공 스님은 자만하지 않고 지극하게 스승을 모셨다. 그 일은 경허 스님이 해인사 조실로 주석할 때까지 계속되었다. 경허 스님과의 인연이 끊어진 것은 스승이 금강산을 거쳐 삼수갑산으로 만행을 떠난 뒤다. 훗날 만공 스님은 스승이 산수갑산에서 열반에 들었음을 알고 스승의 유골을 수습해 우주 법계에 날려버렸다. 유골은 스승이 내뿜던 담배 연기처럼 아련히 흩어졌다.

3

1942년 겨울, 성철은 다시 간월도로 들어가 만공 스님이 수행했던 토굴에서 일 년여를 정진했고, 이듬해 봄 청담 스님을 만나 법주사 복천암 선방에서 수행에 들어갔다. 청담 스님 곁에 도우라는 수좌도 있었는데 그는 경북 문경 출신으로 열세 살 때 제응 스님을 은사로 득도한 사람이었다. 그는 성철, 청담 스님과 함께 속리산 복천암에서 불철주야 정진했다.

성철은 날이 갈수록 도의 모습이 익어가자 다른 스님들의 경지가 눈에 차지 않았다. 고승 대덕大德들이 하나같이 미덥지 않았기에 그들로부터 인가받는 것도 원치 않았다. 그건 바로 '아심我心'이었다. 성철은 그런 자신을 너무나 잘 알고 있었다.

'감히 내가 누군데 누구의 인가를 받아? 내가 인가를 받을 고승은 이 세상에는 없어. 혹시 만공 스님이라면 모를까.'

청담 스님과 헤어진 뒤 성철은 눕지도 자지도 않는 장좌불와 수행을 시작했다. 참으로 고통스러운 나날이었다. 무려 팔 년 동안 장좌불와를 계속하자 그의 수행담은 산과 계곡을 넘어 세속에까지 널리 퍼지기 시작했다.

마침 도봉산 망월사에 머물고 있던 욕쟁이 춘성 스님이 그 소문을 듣고 주지에게 물었다.

"절에서 뒤질라고 용을 쓰는 모양이다. 정말로 졸지도, 눕지도 않고 팔 년을 지냈다는데 그게 사람이야?"

"그러게요."

춘성 스님도 수행에는 남달랐다. 수행 중에 잠이 쏟아지면 한겨울에도 큰독에 찬물을 가득 채워놓고 들어앉아 수행하던 사람이었다. 그는 성철이 장좌불와 수행을 한다는 소문을 듣고 혀를 내두르다가 직접 눈으로 확인하겠다며 문풍지에 구멍을 뚫고 날이 새도록 지켜봤다. 성철의 지독한 모습에 그는 결국 두 손을 들었다. 과연 소문대로였다. 성철은 좌복 위에서 꿈쩍도 하지 않았던 것이다. 그 후 성철은 금강산 마하연사로 수행처를 옮겼다.

모처럼 날이 좋았다. 금강산 마하연사로 온 지 얼마나 흘렀을까. 다시 하안거가 시작되었고 정진은 여전히 어려웠다. 낙수 떨어지는 소리가 정겨웠다. 성철이 벽에 기대어 문밖을 내다보는데 마하연사 주지 성하 스님이 다가왔다.

"누가 찾아왔네."

"응?"

"스님 어머니라던데."

"예?"

성철은 자기도 모르게 벌떡 일어났다.

"어머니가 여까지?"

그는 선방 댓돌에 내려서서 고무신을 신다 말고 고개를 저으며 잠시 생각에 잠겼다.

'만날 수 없다. 지금은 하안거 기간 아닌가.'

그는 성하 스님을 향해 결연한 어조로 말했다.

"어머니께 그냥 돌아가시라 하이소."

성하 스님은 말문이 막혔다. 아들을 보려고 그 먼길을 걸어왔다는데 어떻게 그럴 수 있을까.

"볼 필요 없소."

만남을 거부하는 아들의 말을 그대로 전하는 주지 스님 앞에서 어머니는 하염없이 눈물을 흘렸다.

"어찌 이랄 수 있노?"

그 모습을 본 선방의 대중들이 웅성거렸다.

"아무리 세상과 인연을 끊은 수좌라 해도 그렇지. 에이, 인정머리 없고 모진 사람. 스님 이전에 사람이 아닌가."

대중들이 선방으로 어머니를 모셨다.

이 일은 결국 대중공사로 발의되었다. 여기서 통과된 사항은 절대로 어길 수가 없는 게 선방의 법이다. 대중들이 떼거리로 성철에게 몰려갔다.

"와 이라노?"

성철이 화내는 것을 보고 조실 스님까지 나섰다.

"어서 가서 어머니를 만나보시게."

대중공사에서 발의된 사항은 부처님도 말리지 못한다는 걸 모르지 않았다. 성철은 결국 도반들에게 등 떠밀려 어머니를 만났다. 어머니는 아들을 보자 눈물을 멈추지 못했다. 성철도 마음 아프기는 매한가지였다.

"울지 마소."

"고생이 많제?"

"아닙니더. 그란데 눈은 어찌된 깁니꺼? 눈이 와 그라요?"

어머니가 손으로 눈을 가렸다.

"아니다."

"뭐가 아니요?"

"눈병이 나갔고…."

"병원에는 가봤는교?"

"하모."

한참 말을 잊은 성철의 가슴속에서도 피눈물이 흘러내렸다.

"집사람 아는 낳았습니꺼?"

어머니가 고개를 끄덕였다.

"딸 낳았다."

"딸?"

"아주 널 빼다박았더라. 보고 싶지도 않나?"

"쓸데없는 소리 말고 금강산이나 구경하고 가이소."

그때 어떤 예감이라도 한 것일까. 얼마 지나지 않아 어머니마저 부처님께 귀의하리란 것을.

성철이 금강산을 구경시켜드리고 얼마 후 어머니는 해인사 국일암으로 출가했다. 어머니의 머리를 깎은 이는 성원 노스님이었다. 아들을 찾아 천릿길을 마다하지 않았던 어머니는 아들에게 말도 없이 출가를 해버렸다. 아버지가 통탄할 일이 또다시 벌어진 것이다. 어머니는 이미 정취암에서 자운 스님으로부터 보살계를 받고 초연화超然華라는 법명까지 받은 후였다.

삭도에 무명초가 잘려나가자 늙은 여인의 눈에서 눈물이 흘러내렸다. 산청 묵곡리의 이웃 마을 하촌에서 태어나 강상봉이란 이름을 갖고 한평생을 살았다. 묵곡리 이씨 집안의 귀신이 되면서 일곱 남매를 두었다. 그런데 이제 와 머리를 깎고 절귀신이 되었다. 하지만 그녀의 신심은 강철처럼 단단했다.

"내 아들이 미쳤다면 반드시 이유가 있을 끼다. 그러지 않고서야 제 놈이 어찌 그럴 수 있노."

강씨가 국일암으로 갔을 때 성원 노스님이 들려준 성철의 법문이 더욱더 마음을 움직이게 했다. 1982년 부처님오신날에 성철이 발표하게 되는 대중 법어였다. 노스님은 이를 기억했다가 강씨에게 그대로 들려주었다. 그 음성은 결의에 가득 차 있었다.

"보살님 아드님의 말씀입니다."

"내 아들?"

"성철 스님이 왜 출가를 하셨겠습니까? 어느 날 제게 이런 법문을 하시더군요."

예전 현풍 곽씨 집안에서 있었던 일이다. 맏아들이 장가를 들었는데 새색시의 행실이 조신하기는커녕 단정치 않고 시부모 앞에서도 함부로 행동했다. 심지어 행실을 나무라면 대들고 상스러운 말까지 해댔다. 아무리 말로 타일러도 듣지 않았다. 그렇다고 양반집 체면에 내쫓을 수도 없었다.

어느 날 그녀의 남편이《맹자》를 읽다가 다음과 같은 글귀를 보았다.

사람의 본성은 착하다

본성은 다 착하여 요순과 같다

孟子道 性善 言必 稱堯舞

글을 읽고 남편은 깨달은 바가 매우 컸다.

'아하, 내가 뭔가 잘못 생각하지 않았나. 아내가 조신하지 못하다고 나무랄 줄만 알았지, 본성이 선함을 미처 몰랐구나. 그것을 인정하지 않고 마냥 나쁘게만 보았구나. 앞으로는 아내를 아끼고 공경해야겠다.'

다음 날 남편은 사당에 가서 조상님께 인사드리고 난 뒤 아내에게 넙죽 절을 했다.

"당신 왜 이러세요?"

아내가 깜짝 놀라 소리쳤다. 남편이 미쳤다고 생각했다. 어제까지만 해도 욕하고 나무라더니 의관을 정제하고 다가와 절을 하니 기가 찰 노릇이었다.

남편은 눈물을 글썽이며 말했다.

"내가 잘못했소."

"갑자기 왜 그래요?"

"당신을 몰라봤으니 용서하시오."

"정말 왜 그러냐니까요?"

"앞으로는 절대로 당신을 무시하지 않고 존중하리다."

아내는 올바르지 못한 자신의 행동거지 때문에 남편이 미쳐버렸다 생각하고 진심으로 용서를 빌었다.

"잘못은 제가 먼저 했지요. 다시는 안 그럴 테니 제발 그만하세요."

성원 노스님은 잠시 뜸을 들인 뒤 말했다.

"성철 스님은 제게 이 법문을 들려주고 말씀하셨어요. 이 세상에 부부만큼 가까운 사이가 어디 있냐고, 몸과 마음을 섞고 사는 부부도 상대방의 본성을 모르는데 어찌 부모가 아들의 본성을 알겠냐고 하셨어요. 부모님께 내 마음을 속이고 출가했으니 불효인 것은 분명하지만 그런 나를 부처님께서는 용서하시리라 말씀하셨지요."

노스님의 설법을 듣고 난 강씨가 폭포수 같은 눈물을 쏟아냈다.

'내가 아들의 마음을 미처 몰랐구나. 그럼 그렇지!'

강씨는 성원 노스님에게 매달렸다.

"내 머리 좀 깎아주소. 이제 나도 아들 곁으로 가야겠소."

"보살님!"

"그렇게 아들을 원망하며 경호강에서 고기를 잡아 술을 마시던 남편이 어떻게 아들을 마음으로 받아들이고 이해했는지 이제야 그 심정을 알겠소. 나라고 왜 아들 곁으로 못 가겠소? 아들이 가는 길을 가야 만나지 않겠소. 출가하게 해주오."

그렇게 출가한 강씨는 죽을 때까지 수행에 전념했다.

그녀가 열반에 들기 전 성원 노스님이 물었다.

"아직도 화두가 성성하십니까?"

"성성하오."

강씨는 말했다.

"나 내일 가려고 하오."

다음 날 성철의 어머니는 조용히 생을 마쳤다. 선비 집안에서 태어나 공주처럼 자란 여인이었다. 제대로 교육받고 자란 양반집 규수였고 남편 알기를 하늘같이 알았다. 꽃다운 열아홉 나이에 시집와서 사남 삼녀를 낳았다. 인물이 너무 고와 물 찬 제비라 불리던 사람, 첫아들을 가지고 몸가짐이 얼마나 조신했던지 곪아 터지거나 못생긴 과일은 절대로 먹지도, 쳐다보지도 않을 정도로 태교에 모든 것을 쏟았던 여인이었다.

그녀는 출가한 아들로 인해 한쪽 눈을 잃고도 그 아들을 따라 머리를 깎고 열반에 들었다. 그런 아들이 출가한 지 꼭 스무 해 되던 해였다.

오도

1

봄이 가면 여름이 오고 가을이 가면 겨울이 오는 것이 자연의 이치다. 여름과 겨울은 수행자들이 가장 치열하게 정진할 수 있는 안거의 계절이다.

1940년 여름, 성철의 나이 스물아홉이었다. 성철은 동화사 금당선원에서 동안거를 시작했다. 그에게는 자기 스스로 지은 수도팔계修道八戒라는 계율이 있었는데 이를 노트에 적어 들고 다니며 실천했다.

첫 번째는 희생이다. 수도를 위해서는 모든 것을 희생해야 한다.

두 번째는 절속絶俗이다. 수도인은 속가와 인연을 끊어야 한다. 속가에 미련이 있으면 제대로 수도할 수가 없다.

세 번째는 고독이다. 수도인은 모든 인연으로부터 비정해야 한다. 고독하지 않고서는 절대로 성도를 이룰 수 없다.

네 번째는 천대賤待이다. 출가는 대접받으려고 하는 것이 아니다. 천대받고 괄시받아야만 수도인은 살아난다. 나를 따르는 이는 수도를 막는 마구니에 지나지 않는다.

다섯 번째는 하심下心이다. 수도인은 자기를 낮추고 남을 높여야 한다. 철든 이는 스스로 자신을 낮춘다. 백 살을 먹어도 자신이 잘났다고 자랑하면 철든 것이 아니다. 낮은 곳에 대해大海가 있다. 물은 낮은 곳으로 흐른다.

여섯 번째는 전념이다. 오로지 수도에만 전념하지 않고 어떻게 성도를 이룰 것인가.

일곱 번째는 노력이다. 노력하지 않고서는 결코 성도를 이룰 수 없다.

여덟 번째는 고행이다. 몸을 혹사하는 것만이 수행이 아니다. 그렇다고 몸을 호강시키면서 도를 이룰 수는 없다. 중도中道의 조화가 필요하다. 그러므로 일일부작 일일불식一日不作 一日不食 하는 것만이 살길이다. 썩어빠진 정신을 버리는 길, 그 자체가 바로 고행이다.

어느 날 성철은 선정에 들었다가 한순간 머릿속이 터져

하늘을 나는 듯한 기분을 느꼈다. 달이 떴나 하고 밖으로 나가보면 해가 중천이었다. 해가 떴나 하고 나가보면 달이 떠 있었다. 이상한 경험이었다.

'이게 삼매인가?'

하루는 선정 중에 뜨거운 열기가 꼬리뼈에서 척추를 거쳐 정수리까지 뻗쳐오르는 것을 느꼈다. 그것은 이내 불길이 되어 활활 치솟다가 시간이 지나자 차츰 가라앉았다. 그런 뒤 일순간 눈앞에 찬란한 황금빛이 펼쳐졌다. 모든 의식이 황금빛 안에서 서서히 녹기 시작했고 온 우주가 몸속으로 들어오는 기운을 느꼈다.

성철은 가부좌를 풀고 밖으로 나갔다. 서쪽 하늘에 뜬 태양이 눈부셨다. 눈이 시려 손바닥으로 태양을 가리려는 순간, 태양이 품어낸 하늘빛이 먼바다의 파도처럼 자신에게 밀려들어 왔다. 천지가 찬란한 황금빛으로 변했다. 순간 몸이 지상에서 공중으로 두둥실 솟아오르는 기분을 느꼈다. 주위는 온통 노란 꽃밭이었다. 꽃밭을 천천히 거닐던 그는 문득 그곳을 벗어나야겠다고 생각했다. 그러자 순식간에 천지가 허공이 됐다. 자신도 모르게 입에서 오도송이 터져 나왔다.

황하수 서쪽으로 거슬러 흘러

곤륜산 정상에 치솟아 올랐으니

해와 달은 빛을 잃고

땅은 꺼져 내리는도다

문득 한번 웃고 머리를 돌려 서니

청산은 예대로 흰구름 속에 섰네

黃河西流崑崙頂 日月無光大地沈

遽然一笑回首立 靑山依舊白雲中

지나온 회억의 날들이 한순간에 쏟아졌다. 스물아홉 살의 생애. 1912년 임자년 4월 10일 지리산 깊은 산골에서 태어난 아이가 비로소 자신의 굴레에서 벗어났다.

개구쟁이였다. 돈이 필요하면 어머니보다 아버지에게 직접 말했다. 에둘러 가는 법이 없었고 변명 따위도 하지 않았다. 있는 그대로 말을 했다. 성질이 그랬다.

"이눔 자슥, 돈 없다."

"쓸 데가 있다고 안 하요."

어머니가 아들의 성질을 아는지라 눈치를 보며 거들었다.

"없다카이."

그러면 대문 밖으로 나갔다.

"아버지 이상언! 아버지 이상언…."

동네가 떠나가라 아버지 이름 석 자를 불렀다.

"절마 또 시작이다."

동네 사람들이 하나같이 웃었다.

이상언은 동네 부끄러워 아내에게 소리쳤다.

"쟈 데리고 들온나. 원, 창피해서…."

이상언은 그렇게 못 이기는 척 아들에게 돈을 주곤 했는데 정작 아들의 속셈은 딴 데 있었다. 돈을 타서 과자를 사 먹는 게 아니라 어린것이 기특하게도 책을 사 읽었다. 책의 내용은 한결같이 어린 나이에는 도무지 이해하기도 힘든 것이었다. 이상언은 내심 그런 아들이 대견했다. 그 바람에 아들은 세 살 때 글을 익혔고 다섯 살 때는 어른을 따라 참가한 시 짓기 백일장에서 장원을 하기도 했다. 그야말로 천재였다.

보통학교에 다닐 때는《서유기》《삼국지연의》같은 중국의 4대 기서를 모두 사서 읽었다. 학교 간 아이가 오지 않아 찾아보면 산모퉁이 양지바른 곳에 앉아 해가 지는 줄도 모르고 책을 읽고 있었다.

성철이 받은 교육은 육 년간의 보통학교 과정과 서당에

서 배운 《자치통감自治通鑑》이 전부였다. 그는 오로지 독학으로 배우고 깨달았다.

그런 아이가 어느 날 깊은 산중에서 깨침을 얻은 것이다.

2

"이것 좀 보게."

성철이 오도송을 읊은 지도 어느덧 몇 해가 흘렀다.

1945년 어느 날 청담 스님이 성철을 찾아와 편지 한 통을 내밀었다.

"뭐고?"

"아직도 속가의 인연이 끝나지 않은 모양이다."

편지를 뜯어보니 기가 막혔다. 어머니의 청에 못 이긴 청담 스님이 하룻밤 아내와 선을 넘겨 생긴 딸이 있는데 그 아이가 벌써 열네 살이라고 했다.

일본인들의 내정간섭이 끝 간 데 없을 때였다. 젊은이들을 있는 대로 잡아서 전쟁터로 보냈고 열네 살짜리 여자아이조차 정신대로 끌고 갈 판이었다. 생각다 못한 청담 스님의 아내가 딸 인순을 남편이 있는 대승사로 보낸 것이다.

"이왕 이렇게 된 거 자네가 한번 만나봐라."

"내가 와?"

"그대로 두면 사람 될 거 같지 않다."

"출가를 시킨다 말이가?"

"아무래도…."

"지금 어딨노?"

"원주 방에 있다."

두 사람이 원주 스님 방으로 건너가니 겁먹은 소녀 하나가 옹송그리고 앉아 있었다. 그렇다고 무턱대고 출가를 권할 수도 없었다.

성철은 소녀의 눈치를 살피다가 선악이 담긴 재미난 불교 설화를 들려주었다. 소녀는 처음에는 별 관심을 갖지 않다가 재미난 부분에선 웃기도 했다.

"옳거니."

성철과 청담 스님은 소녀를 출가시키기 위해 저녁마다 불러서 부처님의 일대기를 재밌게 들려주었다. 소녀의 마음을 다잡기는 쉽지 않았다. 그럴 만했다. 홀어머니 밑에서 철없이 뛰어놀던 아이였다.

성철은 소녀의 마음을 사로잡기 위해 다음 날 해줄 말을 골똘히 생각할 정도였다. 묘안이 없기에 불교가 어떤 것인지 이해시키는 데에만 주력했다. 소녀도 차츰 관심을 보이기 시작했다. 성철은 절호의 기회를 놓치지 않고 소녀에게 출가를 권했다.

드디어 청담 스님의 딸 인순은 대승사 인근 윤필암에서 월혜月慧 스님을 은사로 머리를 깎았다. 그때까지도 법상에 오르지 않았던 성철은 인순에게 직접 사미계를 주기 위해 처음으로 법상에 올랐다.

성철은 그 자리에서 이렇게 말했다.

"내가 사미니계를 설하는 것은 이번이 처음이자 마지막일 것이다."

성철은 그 후 실제로 단 한 번도 사미니계를 설한 적이 없다. 성철은 인순에게 묘엄妙嚴이라는 법명을 내렸다. 훗날 비구니계의 거목이 된 묘엄 스님은 이렇게 출가하게 되었다.

수계식이 끝나자 소녀의 어머니가 딸에게 큰절을 올렸다. 이로써 속세에서 맺은 부모와 자식의 인연이 모두 끊어졌다. 이제 묘엄은 어머니의 딸이 아닌 부처님의 딸이었다.

그들을 보며 성철은 자신의 딸 도경이를 생각했다. 그 아이도 승이 되기를 원하지 않았던가…. 그러나 도경은 이미 이 세상 사람이 아니었다.

성철은 머리를 가로저었다.

'이런, 지금 내가 무슨 생각을 하고 있나.'

삼세의 덫

1

해방이 되자 그동안 왜색화되었던 한국 불교의 너절한 실상이 그대로 드러났다. 성철은 도반 청담 스님과 함께 한국 불교의 암담한 미래를 염려하면서 이를 어떻게 일으켜 세울지 밤새 의논했다.

청담 스님이 결연한 목소리로 말했다.

"이 나라의 불교를 살리려면 먼저 총림 체제를 갖춰야 할 걸세."

골똘히 생각하던 성철이 거친 경상도 사투리로 답했다.

"그라믄 먼저 가야총림부터 열어야 할 끼다. 자네 먼저 그곳으로 가 효봉 스님에게 말하그라."

그들은 가야총림이 서자 다시 의기투합해 문경 희양산

봉암사에서 정화불사淨化佛事를 시작했다.

성철은 선방에서 만났던 도반 향곡香谷 스님을 불렀다. 향곡은 경허-혜월-운봉 법맥을 잇는 강직한 수좌였다. 1912년 경북 영일군의 불심 깊은 집안에서 태어났고 어머니가 절에 갈 때면 치마꼬리를 붙들고 따라가서 불교를 알았다. 열여섯이 되던 해 구도자의 길을 걷고 있던 둘째 형을 만난 그는 양산 내원사에 들렀다가 운봉 스님을 계사戒師로 출가했다.

향곡 스님은 이십 대 후반에 성철을 만났다. 정확히는 1939년 팔공산 은해사 운부암에서 하안거에 들어갔을 때였다. 운부암은 신라 진덕여왕 때 의상 대사가 창건한 절로서 북마하연 남운부암이라 부를 정도로 남쪽의 대표적인 수행처였다. 절이 구름 위에 떠 있다고 운부암雲浮庵이라고 불렀는데 만행 나온 두 운수납자雲水衲子가 그곳에서 처음으로 조우한 것이다. 둘은 동갑이었지만 향곡 스님은 성철보다 덩치가 크고 기골이 장대했다.

예사롭지 않은 만남 이후 둘은 자연스럽게 가까워졌고 말을 트는 사이가 되었다. 어느 초가을 날, 성철은 수좌 몇과 함께 포행布行을 나갔다. 잣나무에 잣이 주렁주렁 달려 있었다. 장난기가 도진 성철이 향곡 스님에게 제안했다.

"니 저 잣 따올 수 있겠나? 하기야 덩치만 컸지…."

향곡 스님이 발끈했다.

"저걸 못 딴다고?"

"따올 수 있다고?"

향곡 스님이 드디어 승복을 벗기 시작했다.

"옷은 왜?"

성철이 물었다.

"잣나무 송진이 승복에 묻으면 우째."

향곡 스님은 승복을 홀라당 벗은 뒤 잣나무에 올랐다. 산골 깊은 골짜기라 누가 볼 리도 없었다. 산만 한 덩치가 상체를 다 드러내고 기를 쓰며 나무를 타는 모습이 가관이었다. 엉덩잇살이 씰룩씰룩, 덜렁거리는 저거는 또 뭐꼬? 하하하! 성철은 웃음이 저절로 터져 나왔다.

성철은 향곡 스님에게 소리쳤다.

"향곡아, 저기 동네 아가씨들이 서넛 올라오네. 빨리 내리와라."

향곡 스님은 놀라서 잣나무를 내려오고 성철은 그길로 줄행랑을 쳤다.

2

통도사 백련암에 해가 뜨고 있었다. 전각 사이로 보이는 수목의 일렁거림이 눈부시다.

백련암으로 수행처를 옮긴 지 얼마나 되었을까.

통도사 큰절에서는 사십구재를 지내느라 아침부터 염불과 목탁 소리가 요란했다. 울긋불긋한 반야용선般若龍船이 허공에 매달렸고 뽐내는 듯한 글씨로 휘갈긴 글들이 여기저기 붙어 있었다.

"염불에 진심이 실렸네. 돈 많은 사모님이라도 올라오셨나? 절간에 기름 냄새가 진동하는구나."

성철의 말에 함께 걷고 있던 향곡 스님이 웃었다.

"오늘도 우리 부처님 행복하시겠다."

향냄새 대신 기름 냄새가 흘러나오는 법당 모퉁이를 돌아나가던 성철은 누군가를 본 듯해서 걸음을 멈췄다. 몸을 돌리자 모퉁이에 얼핏 그림자 하나가 보이다가 사라졌다.

"가만 보자. 저 사람이 누군가?"

순간 성철은 그 자리에서 얼어붙었다.

"왜 그러나?"

향곡 스님이 물었다.

아내였다. 분명 아내 덕명이었다. 두 사람의 눈길이 잠시 허공에서 뒤엉켰다. 그 사이를 세찬 칼바람이 헤집고 지나갔다.

성철은 몸을 홱 돌렸다. 향곡 스님이 당황하는 성철을 바라보며 물었다.

"왜 그러냐니까?"

성철은 묵묵히 땅만 보며 걸음을 옮겼다. 이상한 낌새에 향곡 스님이 뒤를 돌아보니 한 여인이 망부석처럼 서서 성철을 지켜보고 있었다. 향곡 스님이 휘적휘적 걸어가는 성철을 향해 달려갔다.

"이 사람 왜 그러나?"

성철의 걸음이 더욱 빨라졌다. 향곡 스님은 멈추지 않고 물었다.

"누군가?"

성철은 뒤도 돌아보지 않고 걷기만 했다.

"도대체 왜 그러는가?"

향곡 스님은 계속 성철의 뒤를 따랐다. 성철은 모퉁이를 완전히 돌아서고 나서야 걸음을 멈추었다.

3

"가서 좀 알아봐라. 아무래도 심상치 않다."

다급하게 가서 자초지종을 알아낸 향곡 스님은 말이 없었다.

“왜 그러는데?”

이번엔 성철이 물었다. 향곡 스님은 난감한 듯 입을 다물었다.

“그 사람 날 찾아 여기까지 온 것은 아니지?”

“….”

향곡 스님이 간신히 운을 뗐다.

“자넬 찾아온 것이 아니야.”

“그럼?”

“큰애가….”

향곡 스님이 머뭇거리다가 그렇게 말하고 성철의 눈치를 살폈다.

“큰애? 도경이?”

“그 애가 죽었단다.”

성철은 너무 놀라 그대로 얼어붙었다.

“도경이가 죽어? 왜?”

향곡 스님이 할말을 잃고 고개를 푹 숙였다.

엊그제까지만 해도 연락이 되던 큰아이. 아버지라고 부르며 찾아와 자신도 중이 되겠다고 떼를 쓰던 아이였다. 여기서는 아버지라고 부르면 안 된다고, 학교나 마치면 출가를 하든 말든 하라고 당부했다. 그런데 그 멀쩡하던 아이가 죽었다고?

"급살을 맞았다네."

향곡 스님의 음성이 굳어 있었다.

"급살이라니?"

"갑자기 죽었다는군…."

"사고를 당했다는 건가?"

향곡 스님이 고개를 내저었다.

"사고는 아니고 갑자기 자리에 눕고는 일어나지 못했다는군."

"그럴 수가!"

첫아이라 더 애정이 갔는지 모른다. 출가 이후 아내 덕명보다 더 생각나던 딸. 그 아이가 죽었다고? 부자로 살라고 지은 석순이란 이름을 도경이라고 바꾸어 부른 게 잘못인가? 차라리 부자로나 살다 가게 둘걸 그랬나? 후회가 막심했다. 아무리 출가승이라도 자식의 죽음은 충격 그 자체였다.

도경이는 죽기 전 스스로 손금을 보더니 제 어미에게 "어머니 저 믿지 마세요" 하더란다. 그 어려운 진주여중 입학시험에 합격했는데 교복도 입어보지 못하고 갑자기 세상을 떠났다. 화장하고 유골은 나무 밑에 묻었다고 했다.

아버지 이상언은 명이나 길라고 둘째 손녀 이름을 수경이라 지었다. 지금은 서울에 있는 학교에 다닌다고 했다. 동생 근주가 서울에서 대학을 다니고 있을 테니 그리 보냈구나 싶었다. 산청은 촌구석이지만 자손들만은 넓은 곳으로 나가 신식 문명을 접해야 한다고 입버릇처럼 말하던 아버지였다. 촌구석에서 서울로 유학시키기가 쉽지 않을 터인데도 이상언의 성깔에 그리했을 것이다.

"서울 생활이 쉽지 않을 터인데…."

성철이 중얼거리자 향곡 스님이 고개를 끄덕였다.

"자네 부인과 함께 보냈다시네."

어린것이 걱정되어 아마 서울에 며느리를 딸려 보낸 모양이었다.

4

그로부터 몇 해나 지났을까. 성철은 향곡 스님과 함께 부산 기장에 있는 묘관음사에 들렀다. 묘관음사는 청담 스님의 딸 묘엄이 있는 절이었다.

어느 날 향곡 스님이 통도사 백련암으로 성철을 찾아와서 묘엄이 꼭 뵈었으면 한다기에 들렀는데 뭔가 이상한 느낌이 들었다.

절에 들어서니 사하촌에서 올라왔을 어린 계집아이 하나가 법당 앞뜰에 서서 자신을 쳐다보고 있었다.

"누군지 모르겠습니까?"

합장하고 다가온 묘엄 스님이 물었다.

"무슨 소리고?"

"수경입니다."

"수경이?"

그제야 생각이 났다. 천제굴에서 보았던 아이.

"맞습니다. 도경이 동생 수경이."

"지금 뭐라 카노?"

"아버지를 한번 뵈었으면 하기에 제가 데려왔습니더."

성철의 눈에서 불똥이 튀었다.

"미쳤나?"

"한번 만나보세요."

묘엄 스님이 어린 수경의 손을 잡고 다가왔다. 성철의 입에서 고함이 터져 나왔다.

"가라, 가!"

그런데 어린것이 울음을 터뜨리기는커녕 같이 온 속가의 동생 근수에게 쪼르르 달려가 손을 잡고 흔들었다.

“삼촌, 돌아가요!”

하기야 어린것에게 화를 낼 일이 아니었다. 그걸 알면서도 갑자기 울화가 치밀었다. 이유를 알 수 없었다. 도경이 죽고 난 후 부모님이 저 어린것을 감쌌을 걸 생각하니 죽은 도경이가 불쌍하면서도 미웠다.

여기가 어딘가. 속가 인연을 끊은 절간이 아닌가. 그 한가운데서 출가한 비구가 속가의 인연을 마주하고 있다니 이런 낭패가 어디 있는가.

성철은 고함을 쳤다.

“그래, 얼른 가라!”

그때 향곡 스님이 어린 수경에게 다가가 손을 잡더니 손이 이쁘네 어쩌네 하면서 맛있는 걸 주겠다고 얼렀다.

수경은 스님의 손에 이끌려 어디론가 사라졌다. 향곡 스님은 그만하라는 듯이 성철을 향해 연신 고개를 저었다.

결사

1

비가 와서 길이 질퍽질퍽했다. 아랫지방에 내려가 있던 향곡 스님이 올라왔다. 성철은 편지로 그를 불렀다. 자신과 청담 스님이 봉암사에서 결사를 시작했으니 당장 오라는 기별을 보냈던 것이다.

"…안 오면 네가 살고 있는 토굴에 불을 질러버리겠다."

성철과 향곡 스님이 만나서 회포를 풀고 있는데 깔끔하게 차려입은 노인네 한 무리가 마당으로 들어오다가 성철과 눈이 마주쳤다.

"아이고, 스님."

한 노인이 질퍽거리는 땅바닥에 엎드려 세 번이나 넙죽 절을 올렸다. 그 모습을 본 향곡 스님은 깜짝 놀랐고 노인의 얼굴을 보며 당황함을 감추지 못했다. 그 보살이 바로 당시 사회부장관 전진한의 어머니였기 때문이다.

1947년경, 성철은 문경 봉암사에서 향곡 스님을 비롯한 도반들과 함께 정진했다. 그때 성철이 향곡에게 물었다.

"죽은 사람을 죽어라 하면 바야흐로 산 사람을 볼 것이요, 또 죽은 사람을 살려라 하면 바야흐로 죽은 사람을 본다는 말이 있는데 그 참뜻이 무엇인가?"

향곡 스님은 말문이 막혔다.

충격을 받은 향곡 스님은 그길로 혼자서 다툼 없는 무쟁삼매無諍三昧 수행에 들었다. 어느 날 소나기를 맞으면서 선삼매禪三昧에 들었다가 문득 흔들리는 자신의 두 팔을 보고 활연대오豁然大悟했다.

향곡 스님은 곧바로 성철을 찾아가서 일갈했다.

"성철이, 네가 알고 있는 불법은 아무것도 아니다. 내가 바른 법을 알았다."

일제강점기 일본인들이 망가트린 불법을 바르게 세우려는 스님들의 의지가 희양산을 수놓을 때였다. 부처님 법대로 살자는 '봉암사 결사'는 그렇게 시작되었다. 본디 선종이 주창하는 종풍宗風과 총림의 법도를 되살리자는 봉암사 결사 의지는 순식간에 방방곡곡 퍼져나갔다. 여기저기서 젊은 수좌들이 모여들었다. 성철은 물론 향곡, 자운, 월산, 우봉, 보문, 성수, 도우, 혜암, 법전 스님 등 하나같이 훌륭한 재목이고 훗날 한국 불교를 이끌어 갈 선승들이었다.

비구니들도 결사에 참여했다. 그들의 사회적 환경은 비구들보다도 더 열악했다. 한국 불교를 바로 세우기 위해 성철과 청담 스님은 뜻을 모아 비구니까지 동참하게 했다.

봉암사 결사는 한마디로 치열했다. 승가에 남은 일제의 잔재들을 남김없이 지우고 바꿔나갔다. 가장 먼저 바로잡은 건 재齋 의식이었다. 스님들이 재를 맡지 않고 신도들에게 맡겨 신도들이 절하고 재의 주인이 되게 하였다. 북을 두드리지 못하게 하고 바라춤도 추지 못하게 했다. 말하자면 모든 푸닥거리를 아예 추방했다.

그러자 신도들은 왜 스님들이 적극적으로 재를 지내주지 않느냐고 섭섭하게 생각했다. 심지어 "재도 받지 않으면 뭘로 먹고 사십니까?" 묻기도 했다. 그럴 때마다 성철은 산과 들에 널린 것이 솔잎과 약초이니 아무 걱정 말라고 했다.

장삼도 부처님 당시를 생각하여 붉은색에서 소박한 괴색壞色으로 바꿨다. 괴색은 보조 국사의 승복 색깔에서 착안했다. 밥그릇도 실용적인 쇠그릇과 질그릇을 쓰게 했다.

성철은 급기야 자신의 비단 승복과 바리때를 모아놓고

직접 불을 붙였다. 바리때는 스승인 동산 스님이 물려준 것인데 그마저 미련 없이 불태워버렸다. 소식을 들은 동산 스님이 꽤나 섭섭했는지 결국 한마디했다.

"스승이 준 것을 감히 그리 하다니…. 허허."

하지만 동산 스님은 내심 성철을 대견하게 여겼다.

공동생활에 예외란 없었다. 스님들은 지팡이 대신 육환장六環杖을 들고 삿갓을 썼다. 식생활도 바뀌었다. 아침에 조죽을 먹고 점심은 먹지 않았다. 저녁은 원칙적으로 불식不食을 하거나 약석藥石이라 하여 조금씩 먹었다. 하루 일하지 않으면 하루 먹지 않는 '일일부작 일일불식'을 실천했다.

스님들이 여름에 육환장을 짚고, 삿갓 쓰고 바랑 지고 나서면 마을 사람들은 하염없이 쳐다봤다. 별나 보였기 때문인데 덕분에 시주가 더 잘됐다. 성철은 그것이 하심의 결과라고 생각했다. 수행자가 자신을 철저히 낮추지 않고 어떻게 중생을 제도할 수 있는가.

스님들은 길 위에서 살며 며칠 동안 탁발만 다닐 때도 있었다. 탁발은 하심을 실천하기 위한 일종의 방편이었다. 한번은 주지 스님이 절의 텃밭을 일구기 위해 인부를 데려왔다가 성철에게 혼이 났다. 직접 울력을 하지 않고 왜 인부를 불렀느냐는 것이었다. 결국 그는 성철의 괴팍한 성질을 견디다 못해 야반도주하고 말았다.

대중은 성철이 만든 '공주규약共住規約'을 철저하게 지켜야 했다.

첫째, 부처님의 계율과 숭고한 조사들의 가르침을 수행한다. 그리하여 궁극의 목적을 이룰 것을 기약한다.

둘째, 어떠한 것도 부처님과 조사들의 가르침을 따를 뿐 개인적인 의견을 배척한다.

셋째, 일상에 필요한 물건은 스스로 해결하고 어떠한 힘든 일도 마다하지 않는다.

넷째, 신도들의 보시에 의한 생활을 완전히 청산한다.

다섯째, 해우소 갈 때와 잠잘 때 외에는 항상 가사 장삼을 입는다.

여섯째, 절을 나갈 때는 삿갓을 쓰고 육환장을 짚어야 하며 반드시 함께 다닌다.

일곱째, 가사는 마 혹은 면으로 한정하고 이를 검붉은 자목련 빛깔 괴색으로 만들어 입는다.

여덟째, 발우는 와발우만 사용한다.

아홉째, 매일 두 시간 이상 노동을 한다.

열 번째, 초하루와 보름에 '보살대계'를 외운다.

열한 번째, 공양은 정오가 넘으면 할 수 없으며 아침은 조죽으로 한다.

열두 번째, 앉는 순서는 법랍에 따른다.

열세 번째, 방 안에서는 언제나 면벽 좌선하고 일체의 잡담을 금한다.

열네 번째, 정해진 시간 외에 누워 자는 일을 금한다.

열다섯 번째, 필요한 모든 것은 스스로 해결한다.

열여섯 번째, 그 밖의 규칙은 선원의 청규와 대소승의 계율 체계에 따른다.

열일곱 번째, 이상의 규칙을 지키지 않을 시 퇴출한다.

스님들은 엄한 규칙을 만들어놓고 봉암사 결사를 이끌었다. 하지만 규칙을 견디지 못하고 떠나는 이와 깨침을 얻지 못해 절망하고 떠나는 이도 있었다. 그렇게 결사는 치열했다. 성철이 가사를 괴색으로 정한 것은 정색正色은 승려에게 부끄러운 색이기 때문이다. 스님들의 밥그릇으로 사용하던 나무 발우는 옛날에 왕족들이 쓰던 그릇이기에 사용을 금했다. 수행하는 승은 항상 가난해야 하며, 좋은 그릇에 기름진 음식을 먹으면 안 되니 와발우를 사용하도록 했다. 그만큼 보시로 내놓는 시주물을 아껴야 한다는 뜻이었다.

6·25전쟁의 발발로 희양산 일대가 좌우익의 전략 거점이 되면서 봉암사 결사는 이어지지 못했다. 전쟁이 소강상태에 이르자 성철은 청담 스님과 함께 고성 문수암에 머물다가 나중에는 원효 대사가 창건한 통영 안정사 근처 골짜기에 천제굴이라는 초가를 짓고 수행에 전념했다. 천제闡提는 불성조차 갖추지 못했던 수도자가 닫힌 불성을 열어젖힌다는 뜻이다.

어느 날 성철의 어머니가 떡과 나물, 과일을 잔뜩 장만해서는 천제굴로 왔다. 아들을 사랑하는 어머니의 마음은 그 어떤 것도 초월할 수 있었다. 그러나 성철은 속가의 여동생과 막내딸 수경을 데리고 찾아온 어머니를 쳐다보지도 않고 토굴 방에 들이지도 않았다. 한동안 그들은 멀뚱멀뚱 서로를 바라보고 서 있었다. 이윽고 성철은 애써 가지고 온 음식을 사하촌 사람들에게 나눠주고 오라고 호통을 쳤다. 수경은 별수 없이 고모와 함께 산을 내려가 사하촌 사람들에게 음식을 나눠주고 올라왔다. 그때까지도 성철은 어머니를 바람 부는 요사 밖에 세워두었다.

"우째 이랄 수 있습니꺼?"

수경이 그 모습을 보고 울컥해서 따지자 성철이 말했다.

"그래도 성깔은 살아서…."

수경이 화가 나서 치받았다.

"예, 저 못됐습니더."

"그걸 자랑이라고."

못된 사람은 자기가 아닌 아버지라는 생각에 수경이 대들려는 찰나 갑자기 성철이 물었다.

"그래가지고 이놈의 세상 우째 살 기라꼬. 니는 와 사는지는 아나?"

"압니더."

"와 사는데?"

"행복을 위해 삽니더."

그제야 성철은 그들을 방으로 들였다.

"들온나."

청담 스님은 예상치 못한 성철의 태도에 멀거니 쳐다만 볼 뿐이었다. 성철은 그 순간 생각했다. 아니, 보았다. 어린 것의 사나운 성품 속에 감추어진 불성과 그 불성이 눈을 반짝이고 있는 것을.

성철은 가족들을 방으로 들인 뒤 수경에게 행복의 조건에 대해서 설법했다. 성철의 말을 듣고 감동한 여동생이 그 자리에서 자신도 출가하겠다고 말했다.

"오라버니, 나도 출가할 수 있습니꺼?"

성철이 허허 웃다가 고개를 저었다.

"니는 어릴 때부터 몸이 약해서 안 된다. 중 되는 복도 보통 복이 아닌 기라. 수행하려면 독한 데가 있어야지. 그래 물러갔고는 택도 없다."

어린 수경을 염두에 두고 들려준 말에 여동생이 출가하겠다고 하자 성철은 내심 당황했다. 여동생은 실망한 얼굴로 궁시렁거렸다.

"그깟 중이 뭐라고…."

2

초가을 햇살이 무척 고왔다. 전쟁통에 아버지를 잃은 소년 하나가 천제굴을 찾아왔다.

"몇 살이고?"

성철이 물었다. 죽은 아버지의 천도재를 지내기 위해 올라왔다는 아이의 얼굴이 너무 앳돼 보였다.

"열다섯입니더."

"여가 어딘 줄 아나?"

"천제굴입니다. 여기 가면 아무리 악한 귀신도 극락으로 인도하는 도인 스님이 있다고 해서 왔습니더."

"그래서 나를 찾아왔다?"

"맞습니더."

"아버지가 우째 돌아가셨는데?"

"오랫동안 맹장염을 앓으셨는데 전쟁이 터져서 치료도 못 받고 돌아가셨습니더."

잠시 후 소년의 고모가 왔다. 그녀는 예전에 마산에서 성철에게 가르침을 받았던 불자였다.

성철은 두말하지 않고 천도재를 지내주었다. 그의 천도재는 매우 특이했다. 소년에게 밥을 지어 올리게 한 다음, 죽은 아버지에게 삼천배를 하게 했다. 소년은 삼천배를 하면서 육신의 아버지가 아닌 마음의 아버지를 만났다. 새로운 삶의 시작이었다. 소년은 자연스럽게 성철의 첫 번째 제자가 되었는데 그가 바로 천제闡提 스님이다.

그해 겨울은 참으로 혹독했다. 전쟁통이라 배를 쫄쫄 굶다시피 했다. 그래도 천제는 산을 내려가지 않고 성철 곁을 지켰다. 종아리를 맞으면서도 눈물 한 방울 흘리지 않았다. 식량이 생기면 성철이 밥을 짓고 천제는 찬거리를 만들었다. 십 년을 그렇게 살았다. 너무 고생시키는 것 같아서 다른 스승을 찾아보라고 해도 천제는 들은 척도 하지 않았다. 그뿐이 아니다. 천제는 어머니와 동생 다섯을 불러들여 출가시켰다. 그렇게 어머니와 육 남매가 모두 스님이 되었다.

성철은 전쟁이 끝나고 이 년 뒤인 1955년 9월 천제굴을 나왔다. 대중들이 해인사 주지 소임을 맡으라고 했지만 끝내 받아들이지 않다가 자운 스님을 추천했다. 이듬해 자운 스님은 해인사 주지가 되었다. 그런데 주지 자리를 사양하고 나니 머물 곳이 마땅히 없었다. 그 소식을 듣고 팔공산 파계사에 있던 한송漢松 스님이 산내 암자인 성전암을 성철에게 내어주겠다고 했다.

성철은 그길로 성전암으로 갔다. 독성각을 법당으로 쓰고 암자 둘레에 철조망을 둘렀다. 십 년 동구불출洞口不出의 시작이었다.

이때 성철은 틈틈이 노트에 수행자에게 주는 글을 썼다. 이것이 바로 그 유명한 '성팔이 노트'인데 주로 성팔이라는 사람의 윤회에 관한 내용이다. 이 글을 읽으면 성철의 경지가 오롯이 드러난다. 당시 성철은 불교의 윤회설에 천착하고 있었다. 그 내용은 대개 이러이러했다.

선정에 들 때마다 본 전생의 모습들. 심의식心意識을 넘어 칠식七識과 팔식八識은 삼생三生을 믿는 승들의 주장이기는 하나 선정에 들 때마다 본 전생의 기억들은 어떡할 것인가. 분명히 극락도 있고 지옥도 있다. 부처님이 무엇이라고 하든 팔식 아뢰야식阿賴耶識은 죽어도 살아남아 전생을 만들었다. 그러자 단멸론斷滅論을 믿는 자들은 영혼 불멸론자요 이원론자二元論者라고 손가락질했지만 왜 영혼이 없겠는가. 그래서일까. 설법하다 보면 어느 사이에 윤회 쪽으로 흘러가고 있었다. 더욱이 서구의 과학적 이론이나 실험 사례가 윤회전생을 증명하고 있다. 자연계가 무상하기 짝이 없어 보여도 그렇지 않다. 불멸의 존재, 인간은 이승에서의 삶을 끝내고 어디로 가는가? 나지도 않고 없어지지도 않는 것이다. 우리가 흔히 말하는 영혼, 그것의 정체는 정신 에너지이다. 그러므로 절대로 없어지지 않는 것이다. 그러므로 그 영혼은 다시 재생되며, 그것이 바로 윤회이다.

성철은 늘 사람 몸 받기 어렵고 불법을 만나기는 더욱 어려우니 열심히 정진하라고 가르쳤다. 그것이 바르게 사는 길이라고 했다. 무엇보다도 업을 짓지 않는 것이 중요하다고 했다. 윤회의 근본 원칙은 마음대로 되는 것이 아니라 업에 이끌리게 되는 것이라고 했다.

"마음의 눈을 떠라. 지혜의 광명을 보라. 그러면 내가 부처요, 이 사바세계가 극락이라는 것을 알게 될 것이다."

성철이 훗날 출간한 법어집 《자기를 바로 봅시다》도 성팔이 노트에 있는 '수도자에게 주는 글'에서 발췌한 내용이다.

어느 날 딸 수경이 옥자라는 친구와 함께 불쑥 절로 찾아왔다. 사범학교를 졸업한 수경이 비구니가 되려고 찾아온 것이다. 친구도 비구니가 되겠다고 했다.

그러고 보니 수경의 나이 벌써 스물이었다.

“와 중이 될라고 하는데?”

왜 대학 안 가고 산으로 왔느냐는 물음이었다.

“엄마는 대학 가라고 하지만 저는 중 될랍니다.”

“중은 아무나 되나. 니 친구는 어른들 승낙은 받았나?”

“아니, 아버지는 어른들 승낙 받았습니꺼? 언제 죽을지 모르는 몸, 내 대신 부모가 죽어줄 수 있다면 중 안 될 끼라고 했더니 아무 말도 못하데예.”

“그래도 매듭은 지어야 할 거 아니가. 아무리 작은 일이라도 말이다. 대학 졸업하고 온나. 작은 매듭도 못 짓고 우째 큰 매듭을 지을라고.”

“그람 아버지는 내 대신 죽어줄 수 있습니꺼?”

성철은 수경의 말에 아무 답도 못하고 지그시 눈을 감았다.

‘아, 이 무슨 기구한 인연인가!’

성철은 수경과 옥자의 법명을 지어주었다. 수경은 불필不必, 옥자는 백졸百拙이라고 짓고는 인홍仁弘 스님이 있는 태백산 홍제사로 보냈다. 인홍 스님은 가지산 호랑이라 불릴 정도로 엄격한 수행자로 신심 깊은 성철의 제자였다. 불필과 백졸이 머리를 깎은 것은 1957년 봄이었다. 마침내 성철의 딸 수경이 '불필'이라는 법명을 받아 인홍 스님을 은사로, 자운 스님을 계사로 축발한 것이다.

자운 스님은 함께 수행하면서 인연을 맺은 도반이었다. 성철은 그를 볼 때마다 이 세상에 이만한 수행승이 어디 있으랴 생각했다. 그는 비가 오나 눈이 오나 스스로 참회하는 부끄러운 중이라는 뜻에서 자신을 상참괴승常慙愧僧이라고 불렀다. 그는 매사에 철저히 자신을 내려놓는 하심을 실천했다. 그야말로 참다운 선지식이자 한국 정토신앙의 진정한 대주였다.

성철은 스물여덟에 자운 스님을 만났다. 그는 성철보다 한 살이 많았고 동산 스님의 스승인 용성 스님으로부터 인가를 받았다. 그러고 보면 성철과 사형 사제 간이었다.

그때 인홍 스님은 석남사를 성철의 사상을 널리 펴는 도량으로 조성하고 있었다. 그러다가 스승의 속가 딸을 제자로 맞게 된 것이다.

인홍 스님은 불필을 무척 아꼈다. 그런데 수행 중에 덜컥 췌장에 병이 생기고 말았다. 췌장이 곪아터져 생이 얼마 남지 않았다는 진단을 받았다.

소식을 듣고 불필이 성철을 찾아갔다. 자초지종을 들은 성철은 불필에게 지금 당장 기도를 시작하라고 일렀다. 기도의 힘으로 반드시 가지산 호랑이를, 스승을 살리라고 했다. 스무 날 하고도 하루 동안 절대로 목탁 소리와 염불 소리가 끊어져선 안 된다고 강조했다. 스님들이 조를 짜서 날마다 두 명이 〈능엄주楞嚴呪〉를, 또 다른 두 명이 〈백팔대참회문〉을 외우라고 했다. 성철은 반드시 스승을 살릴 수 있다고 말했다.

석남사로 돌아간 불필은 비구니를 모아 조를 짠 뒤 날마다 기도를 시작했다. 네 조가 돌아가며 매일 여섯 시간씩 이십일 일 동안 기도에 들어갔다.

마침내 인홍 스님은 대수술을 받고 기적적으로 되살아났다. 병실에 누운 인홍 스님이 말했다.

"수술대에 누웠는데 문수보살님을 위시한 보살님들이 나타나 내 배를 만져주시더구나."

인홍 스님과 제자 불필에게 내려진 불보살의 성스러운 가피였다. 두 스님은 그 후에도 한몸처럼 지냈다.

성철은 딸 수경과 친구 옥자가 출가하겠다며 성전암을 찾아왔을 때 노트 한 권을 주었다.

"둘이 함께 읽어보거라."

성철의 법문이 담긴 천금같은 노트였다.

호화와 부귀로야 맹상군만 하련만은
백년이 못하여서 무덤 위에 밭을 가니
하물며 여남은 장부야 일러 무삼하리오…

억천만겁토록 생사고를 헤매다가 어려운 일 가운데 어려운 일인 사람 몸을 받고 부처님 법을 만났으니 이 몸을 금생에 제도하지 못하면 다시 어느 생을 기다려 제도할 것인가. 철석같은 의지, 서릿발 같은 결심으로 혼자서 만 사람이나 되는 적을 상대하듯, 차라리 목숨을 버릴지언정 마침내 물러서지 않으리라.

불필과 백졸은 노트 표지에 '백비百非'라고 썼다. 어떤 이름도 붙일 수 없는, 생명수같이 소중한 것이라는 뜻이었다. 불필은 시간이 날 때마다 이 노트를 펼쳐 읽었다.

꽃 속의 잎

1

늦가을 바람이 찼다. 절 입구에서 먼산을 바라보니 만산홍엽滿山紅葉이다. 마음은 이리도 산란한데 산의 풍경은 어쩜 저리 고울꼬! 그때가 큰딸의 사십구재 때던가. 그날이 떠올랐다. 통도사에서 보았던 남편, 아니 이제는 남편이 아니라 출가한 중이다.

그 후 수경조차 중이 되겠다면서 제 아비에게로 갔다. 참 지지리도 남편복, 자식복이 없다. 인연이 있어야 중도 된다는데 어찌 보면 집안에는 좋은 일이지만 자신은 박복한 년이라는 생각을 끊을 수 없다.

덕명은 기를 쓰고 산을 오르다가 산사 주위를 둘러보았다.

'이 인간이 여기에 있단 말이제.'

대중처소가 있는 전각 뒤로 송림의 가지들이 뒤엉킨 석벽이 보였다. 예불 시간이 되었는지 본당 안에서 목탁 두드리는 소리가 청아하게 흘러나왔다. 따사로운 바람이 불어 나뭇잎 부딪치는 소리가 암자의 적막을 더욱 부추겼다. 인기척을 느낀 새들이 마구 울어댔다.

나란히 둘이 걷기도 좁은 돌계단을 아스라이 밟고 올라서자 작은 암자가 보였다.

'이곳이 성전암인가?'

입구에 '수행 정진 중'이라는 입간판이 있었고 그 양쪽으로 날카로운 철조망을 쳐놓았다. 덕명은 혼잣말을 했다.

"절간에 웬 철조망?"

갈대로 엮은 발로 가려둔 안쪽 요사는 볼 수가 없었다. 물을 마시러 수각으로 다가가니 한 스님이 본당 모퉁이를 돌아 나왔다. 이제 사십이나 되었을까. 키가 작고 몸집이 통통한 젊은 스님이었다.

다가오던 그는 합장하며 허리를 굽혔고 덕명도 같은 자세로 인사했다.

"어디서 오셨는지요?"

스님이 가까이 와서 물었다. 밝고 카랑카랑한 음성이었다.

"주지 스님 되시는지요?"

"아, 주지 스님을 찾아오셨군요?"

"예."

"지금 출타하고 안 계십니다."

"아, 그런데 여기서 성철 스님이 수도하고 있습니꺼?"

스님은 덕명의 위아래를 살폈다.

"그분은 왜 찾으시는지요? 저는 이 절의 지객입니다."

절을 방문하는 객들을 안내하는 스님이라는 말이다. 덕명은 다시 물었다.

"혹시 인홍 스님을 아시는지요?"

"인홍?"

지객 스님이 되뇌다가 "석남사에 계신?" 하고 물었다.

"예."

"알고말고요."

그제야 덕명은 인홍 스님이 써준 서찰을 꺼내 지객 스님에게 내밀었다. 서찰을 펼쳐본 스님은 잠시 생각하더니 이내 앞장을 섰다.

"이리로 오시지요."

그녀를 데려간 곳은 본당 곁에 맞붙은 방이었다.

"들어오시지요."

자객 스님을 따라 방으로 들어가자 먼저 거대한 책장이

시야를 가로막았다. 맞은편 벽 전체에 대장경이 꽉 들어차 있었다. 그 곁에는 큰 붓으로 휘갈긴 '불佛' 자와 달마도 한 점이 걸려 있고 횃대에 걸린 법복이 보였다.

꽤 정갈한 방인데도 어딘지 복잡한 느낌이었다. 무슨 글을 쓰는지 통나무로 만든 앉은뱅이책상 위에는 경전과 원고지가 뒤섞여 있었다. 책상 너머 방석 뒤에도 잡다한 책이 가득 쌓여 있었다. 책상 모서리에 놓인 촛대와 향로에는 불이 꺼져 있었다.

앞서 들어선 지객 스님이 방석을 내놓았다.

"앉으세요."

지객 스님과 마주앉기가 무섭게 행자인 듯싶은 청년이 차를 내왔다. 둘 사이에 찻상이 놓였다.

"인홍 스님과는 어떤 사이신지?"

지객 스님이 찻물을 우려내며 물었다. 평범한 신도가 아닌 걸 이미 눈치챈 듯했다. 인홍 스님이라면 불필의 은사이자 성철이 매우 아끼는 제자다.

덕명은 저간의 사정을 말했다. 지객 스님은 고개를 끄덕였고 찻잔을 비우고 나서야 일어서면서 입을 열었다.

"잠시 기다리시지요."

그렇게 말하고 지객 스님이 문을 열고 나갔다. 성철 스님이 속가의 아내를 맞아줄 리 없다. 그렇다고 모른 척할 순 없는 노릇이다. 성철 스님의 선방 앞 섬돌 위에는 하얀 고무신이 가지런히 놓여 있었다. 지객 스님은 낡은 문 앞에서 공경스럽게 아뢰었다.

"큰스님을 뵙고자 합니다."

뒤이어 좀 쉰 듯한 음성이 흘러나왔다.

"들어오너라."

지객 스님은 문을 열고 안으로 들어갔다. 이제 막 밝혔을 방 안의 불빛이 발치까지 흘러나왔다.

"무슨 일이냐?"

성철이 물었다.

"인홍 스님께서 보내신 분인데…."

"인홍?"

성철의 음성이 거칠어졌다.

"누구라고 하더냐?"

지객 스님은 얼른 답하지 못하고 우물거렸다. 성철이 다시 물었다.

"누구냐니까?"

"묵곡리에서…."

성철의 눈이 번쩍하더니 곁에 놓인 목침이 일순 지객 스님의 얼굴로 날았다.

"이놈아, 똥오줌도 구별 못 하느냐?"

성철의 서슬에 기함한 지객 스님은 선방을 뛰쳐나왔다. 그러곤 덕명에게 돌아와 두말 않고 절 밖으로 내쫓았다.

"내가 그 양반의 속가 아내요. 어찌 이라노?"

"만나지 않으시겠답니다. 돌아가세요."

쫓겨난 덕명은 참으로 기가 막혔다. 해가 지자 산등성이로부터 차가운 바람이 몰아쳤다. 손발이 꽁꽁 얼어붙었다.

'돌아갈까? 아니다, 내 이 인간을 꼭 만나야 한이 풀린다.'

저절로 고개가 저어졌다. 이대로 물러설 수는 없었다. 스님들이 한 번씩 암자 밖으로 살펴보러 나왔다.

"저 보살님 아직도 저렇게 앉아 있네."

그들은 혼잣말을 하며 들어가곤 했다. 해가 까무룩 넘어가고 어둠이 모든 것을 집어삼켰다.

덕명은 몸을 숨기려고 숲속으로 들어갔다. 스님들이 나와 두리번거렸다.

"보살님 이제야 돌아갔나 보네."

덕명은 계속 기다렸고 그러는 사이 밤이 점점 깊어졌다.

드디어 모두가 잠든 시각, 덕명은 살금살금 계단을 올라 몸 하나가 들어갈 만큼 철조망을 벌리고 요사 안으로 들어갔다.

낮에 들었던 방을 지나 이 방 저 방을 기웃거리다가 불이 환한 방을 발견했다. 순간 가슴이 쿵 내려앉았다.

'저기로구나.'

느낌이 그랬다. 지금까지 잠들지 않은 사람이 그이 말고 누구랴. 그녀는 본능적으로 불빛을 향해 다가갔다. 문밖에서서 가만히 동정을 살피는데 방 안에서 잔기침 소리가 들려왔다. 분명히 그이가 내는 소리였다.

'맞구나!'

살며시 마루로 올라 두 손으로 왈칵 방문을 열어젖혔다. 좌복에 앉아 막 선정에 들려던 성철은 그 자리에서 얼어붙었다.

"이 인간!"

덕명의 그악한 말소리에 성철의 눈이 점점 커졌다.

"아니 당신…?"

"그래. 나 이덕명이다, 이 인간아."

"돌아가지 않았단 말이가?"

"뭐라 카노. 천릿길을 마다 않고 쎄 빠지게 왔드마 뭐시라?"

기겁을 한 성철이 아랫사람들을 불렀다. 제자들이 몰려왔다. 성철은 펄펄 뛰었다.

"빨리 저거 내쫓아라."

스님들 손에 끝내 밖으로 끌려나가던 덕명은 소리쳤다.

"놔라, 내 발로 나갈 테니. 에이, 더러운 인간. 잘 처먹고 잘 살아라."

2

하늘에는 구름 한 점 없었다. 밤새 소쩍새가 원망스럽다는 듯 울어댔다. 자식을 잃었을까, 어미를 잃었을까. 모든 것을 잃어도 세월은 흐른다.

그동안 많은 변화가 있었다. 그렇게 울어대던 수경은 어느덧 자라 제 아비처럼 머리를 깎았다. 그런 게 세월이다. 수경이란 이름을 던져버리고 불필이란 법명으로 새로 태어나게 하는 것, 그런 게 바로 세월이었다.

못 보았는가 그대

삼계가 시끄럽네

무명을 끊지 못한 탓이다

한 생각 마음 밝은 곳에

오고 감도 없고

나고 죽음도 없네

좋아하는 한산寒山 · 습득拾得의 시를 외우고 있는데 느닷없이 제자 하나가 들어오더니 물었다.

"큰스님, 도저히 이해 못 할 일이 있습니다."

갑작스러운 말에 성철이 돌아보았다. 벌써 서른 명이 넘는 제자를 두었다. 몇 놈을 빼놓고는 전부 '원圓' 자 돌림으로 법명을 지어주었다. 성철 자신은 비록 까칠하고 괴팍해도 제자들은 모나지 않게 살라는 의미였다.

그러면서도 성철은 매우 엄격해서 제자들이 공부하면서 꼭 지켜야 할 오계를 만들었다.

> 첫째, 네 시간 이상 자지 마라.
>
> 둘째, 벙어리가 되어라. 잡담하지 마라.
>
> 셋째, 문맹이 되어라. 문자를 보지 마라.
>
> 넷째, 포식하거나 간식하지 마라.
>
> 다섯째, 매일 적당한 노동을 하라.

해인사 승이라면 누구나 지켜야 할 오계인데 한번은 어느 제자가 네 시간 이상 잠을 자며 일어나지 않았다. 성철은 다른 제자를 불렀다.

"가서 곡괭이를 가져오너라."

“왜 그러십니까, 스님?”

“아직도 그놈이 일어나지 않았느냐?”

“산에 올라온 지 얼마 되지 않아 막무가냅니다.”

“내 이놈을…. 어서 곡괭이 가져오라니까!”

성철은 곡괭이를 가지고 그가 자는 방으로 들어갔다. 발길로 내지르자 그제야 제자가 잠에서 깼다. 성철은 그가 등지고 있던 방구들을 곡괭이로 파냈다.

“너 같은 제자는 필요 없다. 네가 잘 곳이 사라졌으니 지금 당장 산을 내려가라.”

그뿐만이 아니었다. 눈이 오나 비가 오나 해인사 큰절에서 게으른 수좌를 발견하면 소리를 치며 제자들을 엄하게 다스렸다.

“야, 이 돼지 새끼들아. 빨리 일어나지 못하나. 이 도둑놈들, 밥값 내놔라.”

한번은 어느 비구니가 옻이 오른 성철을 비웃었다.

“큰스님이란 분이 그까짓 옻 하나를 이기지 못해 만날 긁적거리고 다니니 참 볼썽사나워서…. 아나, 성불은 개코다.”

성철의 귀에 그 소리가 들어갔다.

“글마 좀 데꼬 온나.”

성철은 비구니를 데리고 옻나무 있는 곳으로 갔다.

"저기 옻나무다. 한번 만지봐라."

"큰스님, 옻오릅니다."

"내가 옻올랐다고 뭐라 했다믄서. 니는 옻이 안 오르나 보자."

"잘못했습니다."

"잘못은 무슨. 니는 옻이 안 오를지도 모르지."

성철의 말에 못 이겨 비구니는 옻나무를 만질 수밖에 없었고, 그 후로 옻이 올라 만날 긁적거렸다. 성철은 비구니를 다시 불렀다.

"많이 가렵제?"

"예."

"수행인이 남의 어려움을 우스개 삼는 건 참으로 못난 짓이다. 도와주지는 못할망정 그러면 되겠나?"

"잘못했습니다."

"그 심정으로 남의 어려움을 살펴라. 그래야 중이지."

하루는 일타日陀 스님이 와서 황당하다는 듯 말했다.

"큰스님, 오늘 참 별스런 소리를 다 들었습니다."

"와?"

"한 신도가 오더니 묻지 않습니까."

"뭐라고?"

"스님들은 색욕이 일 때가 없느냐고요."

"하하하! 고추가 설 때가 없냐고 물어봤다 말이가?"

"맞습니다."

"그래 뭐라 캤노?"

"고추가 성내면 속가에 살지 왜 산중에 살겠냐고…."

"다 같은 인간인데 숨김없이 말해주지 그랬나."

"뭘 숨김없이 말합니까? 숨길 게 뭐 있다고."

"언젠가 내 제자 놈이 이렇게 묻더라. 스님은 욕정을 우째 이기냐고."

"그래서요?"

"욕정이 일 시간이 어딨노. 그거야 세속에서 잘 먹고 잘사는 놈들 이야기지. 적게 먹고 적게 자면서 하루 스무 시간 이상 공부하는데 고추 설 시간이 어딨노 말이다. 그거는 마음이 한가해서 일어나는 기운인 기라. 세속이 잘 굴러가는 것도 다 그거 때문이다. 그들이 싸질러놓은 아이들이 세상을 짊어질 테니 우리야 뭐…."

"그런데 큰스님, 홍제암에서 불필을 보았습니다."

일타 스님이 생각났다는 듯 말했다. 불필이 거처하는 홍제암을 드나들며 법문하다가 본 것이다.

"불필이 그곳 공양주로 있으면서 수행합디다. 홍제암 주지인 인홍 스님이 불필이를 두고 아만我慢이 아주 센 공양주라고 하기에 제가 만나보았지예. 아궁이에 불을 때다 보면 깊이 삼매에 들 때가 있다 하대예. 그래서 인홍 스님이 부르셔도 대답을 못 했더니 자꾸 그런 소리를 하시는 모양이라고…."

인홍이라면 성철이 묘관음사에서 얻은 제자로 성철보다 나이가 많았다. 그녀는 1941년 서른네 살 되던 해 오대산 월정사 지장암에서 출가했다. 정자淨慈 스님을 은사로 수계득도한 후 1942년 오대산 상원사에서 한암 스님을 계사로 사미니계를 받고, 1943년 일운一雲 스님을 계사로 보살계를 받았으며, 1945년 서울 선학원에서 동산 스님을 계사로 비구니계를 받았다. 그 후 인홍 스님은 만공, 한암 스님 회상에서 정진했다. 그런 그녀에게 일생을 바꿀 일이 일어났다.

인홍 스님이 경남 기장의 묘관음사에서 정진하던 어느 날 성철과 향곡 스님이 들렀다.

향곡 스님은 인홍 스님에게 물었다.

"요즘 공부가 잘돼가는가?"

"잘돼갑니다."

옆에서 듣고 있던 성철이 갑자기 비구니 인홍 스님의 멱

살을 잡았다.

"뭐가 잘돼간단 말이고? 다시 한번 말해봐라."

인홍 스님은 그 자리에서 자지러지고 말았다. 순간 성철의 두 눈에서 크고 영롱한 빛이 인홍 스님에게로 쏟아졌다. 그것은 그대로 은산철벽銀山鐵壁이 되었다.

"네년이 오매일여寤寐一如, 몽중일여夢中一如, 숙면일여熟眠一如를 이루었단 말이냐? 정말 그 경지를 얻었단 말이냐? 언제나 화두가 끊어지지 않은 채 살고 있었단 말이냐? 그리하여 다생겁多生劫의 생사고生死苦를 풀었단 말이냐?"

인홍 스님은 성철의 다그침에 입이 얼어붙은 듯 단 한마디도 하지 못했다. 그것이 계기가 되어 그녀는 성철을 스승으로 모시고 대용맹심大勇猛心, 대신심大信心을 일으켜 평생 불퇴전不退轉의 정진으로 일관했다. 성철 또한 인홍에게 오매일여, 몽중일여, 숙면일여의 경계를 가르쳤다.

"조금 안다고 자부한 저의 공부가 자만임을 이제야 알겠습니다."

세속 나이가 네 살이나 많은 비구니가 속가 남동생 같은 비구에게 무릎을 꿇고 앉았다. 성철은 단호하게 말했다.

"승은 정진하라."

그날부터 인홍 스님은 성철의 가르침을 충실히 따랐다.

한번은 매서운 겨울날 인홍이 연못가를 거닐고 있는데 성철이 나타나서 불쑥 물었다.

"요즘 공부가 어떠한가?"

성철은 우물쭈물하는 인홍을 무섭게 노려보다가 연못으로 확 밀어버렸다. 그러고는 연못에 빠져 허우적거리는데도 못 본 척 뒤도 돌아보지 않고 가버렸다. 연못에서 나온 인홍은 젖은 승복을 입은 채 법당에서 그대로 좌선삼매에 들었고, 승복이 다 마른 뒤에야 성철 앞에 무릎을 꿇고 앉았다.

그런 인홍 스님을 보며 대중은 혜춘慧春 스님을 떠올렸다. 속가 아버지가 판사에 시아버지가 도지사였던 혜춘 스님은 함경남도 북청군 출신이었고, 출가 전부터 신심이 깊었다.

어느 날 혜춘이 출가하고자 성철을 찾아왔다. 성철이 물었다.

"와 머리를 깎을라고 하노?"

"스님은 어째 깎았습니까?"

"내사 성불할라고 깎았제."

"저도 성불하고 싶습니다."

"허허, 송장을 타고 바다를 건너갈라 카네. 치아라."

"그게 무슨 말씀입니까?"

"고마 가라."

다음 날, 다른 이들이 다 떠나는데 그녀만은 법당에서 꼼짝도 하지 않았다.

“니는 와 안 가노?”

“대답해주세요. 송장을 타고 바다를 건너간다는 그 말. 그 의미를 알기 전에는 절대로 산을 내려가지 않을 겁니다.”

“야가 무신 소리 하노. 고마 가라.”

“못 갑니다.”

“허허, 별스럽네. 그래 좋다. 니는 와 사노?”

“행복하려고 삽니다.”

“맞다. 그기 인간의 희망이다. 그람 그 행복이 언제까지 가겠노. 유한한 기다 그 말이다.”

“그러면 무한한 것이 있다, 그 말인 것 같은데요?”

“인마가 영 허풍쟁이는 아니네. 맞다, 무한한 거. 그런 세계가 있다.”

“그것이 뭡니까?”

“와? 그 세계가 있다믄 한번 믿어볼라고?”

“가르쳐주세요.”

“좋다. 가르쳐줄 테니까 부처님 앞에 가서 만 배만 하고 오니라.”

“알겠습니다.”

그녀는 법당에서 절을 시작했다. 만 배를 끝내고 오자 성철은 다시 이만 배를 하라고 했다. 그녀는 군말 없이 이만 배를 하고 왔다. 이만 배를 하고 오자 삼만 배…, 그렇게 십만 배를 시켰다. 마침내 십만 배를 마치자 성철은 세간의 오욕 칠정을 끊을 것을 다짐받고 인홍 스님에게 연락했다. 비구니가 될 여인을 하나 보내니 방에는 아직 들이지 말라고 했다. 성철의 지시대로 인홍 스님은 혜춘을 방에 들이지 않았다.

"방에 들이지 말라는 큰스님의 명령이오."

혜춘은 밖에서 서성거리다가 법당 추녀 밑에 거적을 깔고 좌선에 들었다. 인홍 스님은 태연한 그녀를 보고 어이가 없었다. 그 후에도 혜춘은 법당에 들어가지 못했고 예불을 드릴 때도 마찬가지였다. 심지어 공양간 바닥에 주저앉아 꽁보리밥으로 끼니를 해결해야 했다. 찬은 소금 한 종지뿐이었다. 하지만 그녀는 조금도 불평하지 않았다.

그렇게 두 달을 보내고서야 성철은 혜춘의 출가를 허락했다. 마침내 그녀는 해인사 약수암에서 창호彰浩 스님을 은사로 머리를 깎았다.

그 후 혜춘 스님의 수행은 남달랐다. 인홍 스님과 함께 봉암사 결사 정신을 비구니 승가에 적용하여 출가 정신을 회복시켰다. 혜춘 스님의 뒤에는 늘 인홍 스님이 있었고 그들 뒤에는 성철이 있었다.

어느 날 성철은 혜춘 스님에게 이런 법문을 했다.

"《현우경賢愚經》에 보면 이런 대목이 있다. 우파사나란 여인이 있는데 아주 불심이 깊었던 기라. 하루는 길을 가다가 굶주려 죽어가는 사람을 발견했다. 하인을 시켜 그 사람을 약방으로 옮겼는데 의원이 그러는 기라. 기력이 없어서 그러니 고깃국을 멕이면 낫는다고. 우파사나는 그 사람을 자기 집으로 데리고 가서는 하인에게 고기를 구해오라고 시켰제. 그런데 살생을 금하는 법 때문에 고기를 살 수가 없었거든. 우파사나는 점점 쇠약해지는 그를 보다 못해 칼로 자신의 허벅지 살을 잘라 고깃국을 끓여 멕이고 그 사람을 살린 기라.

내가 지금 와 이 말을 하는가 하면, 무릇 불도는 중생제도를 그렇게 해야 된다 그 말이다. 굶주린 중생에게 자신의 허벅지 살을 잘라 먹이듯이 해야 이 세상이 불국토가 된다는 말이제. 내가 이런 말을 하면, '스님은 그렇게 살고 있소?' 물을란지 모르지만 나는 늘 그렇게 자문하며 살고 있다. 니들이 그런 정신머리로 불법을 펴겠느냐는 말이다."

그렇게 우파사나 여인의 정신은 혜춘 스님을 비롯한 비구니들의 수행 정신이 되었다.

3

한편, 성철로부터 쫓겨난 덕명은 막내딸 수경을 찾아다녔다. 천신만고 끝에 만난 수경은 예전에 알던 딸이 아니었다. 제 아비에 대한 반항심이 들끓어 교회에 나가기도 했던 그 아이가 진주사범학교를 졸업하기가 무섭게 팔공산 파계사 성전암에서 수행하는 아비를 찾아가 발심하고 비구니가 되었다는 것이다.

덕명은 참말로 어이가 없었다. 일찍 죽은 제 언니 때문에 마음고생이 심했을 것이다. 그 딸이 속가 아비를 만나 출가한 뒤 깨침을 얻고자 하루 삼십 분도 자지 않고 불철주야 수행한다는 사실에 그저 입을 다물지 못했다. 심지어 백 일 동안 참선에 몰입했다가 정수리에 기가 치솟는 상기병上氣病에 걸렸다고도 했다. 그 아비에 그 딸이었다.

수경의 법명이 불필이라는 말도 들었다. 제 아비가 지었다는데 왜 하필 불필인지 모를 일이다. 필요 없다는 말 아닌가. 아무튼 요상한 양반이다. 그 이름을 받아들이다니 딸도 제 아비 성깔머리 그대로인 것이다.

그 후 덕명은 수경이 석남사 인홍 스님을 은사로 출가했다는 소리를 듣고 찾아가서 만났다. 그런데 딸도 제 아비와 똑같이 본체만체하는 게 아닌가.

"하이고, 우째 이랄 수 있습니꺼? 그년 내 속으로 나온 아입니더."

하소연할 곳이라고는 그저 인홍 스님밖에 없었다. 처음 만났을 때 성철 스님의 속가 아내라고 하자 인홍 스님은 눈을 감고 한동안 말이 없었다.

덕명은 나중에야 알았다. 인홍이 성철 스님의 제자요, 그 제자가 수경의 머리를 깎았다는 것을.

그래서인지 딸과 한 번 만나게 해준 다음에는 불필 쪽에서 소식을 끊었다며 끝내 자리를 만들어주지 않을 정도로 태도가 달라졌다. 틀림없이 성철이 시켰으리라.

덕명은 그이의 거처를 가르쳐준 인홍 스님의 속셈을 알았다. 찾아가봐야 쫓겨날 게 뻔하고 그러면 단념할 테니.

어느 날 인홍 스님이 말했다.

"다 인연이라, 삼세의 인연이 그리 맺어진 것이리라."

도저히 울화가 치밀어 견딜 수가 없었다. 덕명은 한바탕 퍼부으려다가 이 스님에게 무슨 죄가 있을까 싶어서 끝내 참았다. 게다가 인홍 스님을 건드렸다가는 영영 수경을 못 만날 수도 있다는 생각에 그녀의 법문에 귀기울이는 체했다.

덕명은 그날부터 석남사에 살다시피 했다. 그런데 참 이상한 일이었다. 인홍 스님의 법문을 자주 듣다 보니 '이게 뭔가' 하는 의문이 생기는 것이다. 그래서 수경이 스님이 되었구나 싶기도 했다.

그날도 인홍 스님의 법문이 마음을 끌어당겼다. 내가 남편과 딸 곁에 있을 수 있는 길은 무엇일까? 그 길을 인홍 스님이 가르쳐주는 게 아닐까? 그들 곁에 있으려면 내가 그들이 있는 곳으로 갈 수밖에 없다. 내가 머리를 깎으면 될 거 아닌가.

덕명은 단단히 마음먹었다.

"스님, 제 머리도 깎아주이소."

인홍 스님은 놀란 표정을 감추지 못했다.

"출가를 하겠다고?"

"할랍니더."

그들 곁에 있을 수 있다면 뭔들 못하랴.

"진심인가?"

"하믄요."

인홍 스님은 잠시 생각하다가 결단을 내렸다.

"그라믄 나하고 사형 사제 맺자. 우리 스승에게 머리를 깎아라."

"예?"

덕명은 어리둥절했다.

“내 스승의 제자가 되라는 말이다.”

“스승의 제자요? 그기 무신 말입니꺼?”

“그것을 위패 상좌라 한다.”

“위패 상좌는 또 뭡니꺼?”

“내 스승이 니 스승이 되는 기다.”

“스승이 그 양반, 성철 스님이라면서요?”

인홍 스님이 웃으며 답했다.

“내 머리를 깎은 스님은 아니제.”

“그분이 누굽니꺼?”

“정자 스님이라고… 돌아가싰다.”

“돌아가신 분이 우째 제 머리를 깎습니꺼?”

“그래도 상좌가 될 수 있다.”

그렇게 덕명은 이미 죽고 없는 스승에게서 머리를 깎았다. 인홍은 덕명의 법명을 일휴一休라 지었다. 출가한 덕명은 인홍 스님과 사형 사제가 되었고, 딸 불필과는 사제지간이 되었다. 참으로 기구한 운명이었다.

어미가 머리를 깎고 출가했다고 하자 그제야 불필이 나타났다. 독사보다 더 독한 인간들이었다. 불필은 당연하다는 듯이 와서 보고는 수행 잘하라는 한마디를 던지고 인정머리 없이 가버렸다.

덕명은 수행을 할수록 인홍이 보통 스님이 아니라는 것을 느꼈다. 일찍이 성철도 인정한 바였다.

인홍 스님 곁에 있는 혜춘 스님 또한 대단한 인물이었다. 일과를 마치고 좀 쉬려고 하면 개울가로 나오라는 혜춘 스님의 불호령이 떨어졌다. 나가보면 그곳에서 대중이 좌선을 하고 있었다.

1951년 창원 성주사 비구니 스님들의 결사도 인홍 스님이 주도했다는 걸 나중에야 알았다. 그리고 그들 뒤에는 언제나 성철이 있었다. 그들은 성철이 주도한 봉암사 결사 정신을 그대로 실천했던 것이다.

출가하고 난 뒤에야 알았지만 성철은 자신이 알던 옛날의 그이가 아니었다. 어느 사이에 이 나라 불교의 중심이 되어 있었고, 그의 말은 곧 승가의 하늘이 되었다.

하루는 성철이 상기병에 걸린 불필을 보고 말했다.

"급할수록 돌아가는 기다."

그이가 넉넉할 때도 있었다. 서둘지 말고 돌아가서 천천히 자신을 바라보라는 것, 그게 바로 성철의 법이었다.

4

어느 날, 성철은 속가의 아내 덕명마저 출가했다는 말을 전해 듣고 지그시 눈을 감았다.

'인간의 인연사가 참으로 재미나구나!'

속가의 덕명, 아니 승가의 일휴가 출가한 지 얼마나 되었을까. 묘관음사에서 인홍과 불필이 하나가 되었다는 소식이 들려왔다. 어느새 그 어린 것이 삼매의 경지를 체험했다는 말이었다.

불필은 언젠가 성철에게 물었다.

"꿈속에서도 화두를 들고 있었는데 그것이 바로 몽중일여 아닙니까?"

성철은 고개를 저었다.

그 순간 성철은 대흥사에서 장발을 한 채 화두가 뭔지도 모르면서 혼자서 무턱대고 수행하던 시절을 떠올렸다. 말하자면 중도, 소도 아니면서 좌선한답시고 결가부좌를 하고선 마침내 동정일여를 얻었다고 스스로 소리쳤던 것이다.

그때는 동정일여가 어떤 경지인지도, 행주좌와 속에서 온다는 사실도 알지 못했다. 즉 가거나 오거나, 앉거나 눕는 가운데서도 언제나 화두가 꽉 차 있는 세계가 바로 동정일여의 경지였다. 그것을 몰랐던 성철은 좌선하면서 화두에만 몰두하는 것이 바로 동정일여의 경지라고 믿었는데 아니었다. 진정한 동정일여는 그 자체가 동정일여가 되어야 한다.

의식하는 고행은 결코 참다운 고행이 될 수 없듯이 동정일여를 의식하는 수행은 진정한 동정일여가 될 수 없는 것이었다.

몽정일여도 마찬가지였다. 꿈속에서 내가 화두를 든 것이 몽정일여라고 의식하는 것 자체가 바로 몽정일여가 아니라는 말이다. 숙면에 빠져서 완전한 오매일여가 이루어짐으로써 그 자체가 화두가 될 때만이 진정한 몽정일여를 이룰 수 있다. 이렇게 될 때 비로소 자신을 옭아매는 모든 의심 덩어리가 사라지고 수억 겁의 업장이 동시에 사라진다.

그렇다고 해도 그 자체가 깨침이 되지는 않는다. 수없이 그런 과정을 거쳐 번뇌가 완전히 사라져야만 비로소 구경묘각究竟妙覺의 세계로 들어서게 된다. 그러지 않고서는 진정한 승僧, 즉 본분종사本分宗師가 될 수 없다. 이것이 바로 동정일여, 오매일여, 몽중일여의 세계이다.

하루는 산문을 바라보고 있는데 불필이 찾아왔다. 성철은 일휴의 소식을 묻고 싶었으나 입도 떼지 않았다.

성철은 불필에게 주었던 자신의 법문 노트를 빼앗아버렸다. 이젠 노트를 보지 않고서도 나름대로 수도를 해나가겠구나 생각했기 때문이다.

불필은 도무지 이유를 모르겠다며 노트를 가지고 있겠다

고 버텼다. 하지만 성철은 기어이 노트를 빼앗았다.

소승은 남의 깨침에 연연하지만, 대승은 오직 자신만의 체험으로 깨침의 세계로 들어간다. 언제까지 부처의 가르침에만 연연할 것인가. 진리를 위해 일체를 희생할 수 있어야만 진정한 승이라 할 수 있다. 이것이 노트를 빼앗은 이유였다.

십 년 동안 성전암에서 정진하면서 성철이 깨달은 사실이 있다. 모르는 것, 즉 무지가 부처가 되는 길이다. 앎을 놓아버리는 것이 올바른 수행법이다. 한마디로 무지는 악이다. 그러니 악을 모르고 어떻게 선을 알겠는가. 성철이 "악이여 오라!"고 늘 소리친 이유가 바로 여기에 있다. 그런 악이 자신을 부처가 되게 했다.

살아 있는 법문

1

살을 에는 바람이 산등성이를 핥고 골짜기로 내려와서 길가는 일휴와 도반들의 몸을 휘감았다.

"어이 추워."

도반 하나가 오돌오돌 떨며 투덜거렸다.

불필은 두 걸음쯤 뒤따라오는 일휴를 뒤돌아봤다. 육십 넘은 노인네가 참 대단하다. 기장 묘관음사에서 팔공산 성전암까지는 족히 천 리가 넘는다. 일휴가 함께 가자고 했을 땐 이 노인네가 아직도 속가의 남편을 못 잊나 싶었다.

"마 여기 있으소. 무립니더."

"나도 갈란다."

"글쎄 안 된다 안 하요. 거가 어디라고…. 성전암이요, 성전암. 그라고 이 추위에 찾아왔다고 아이고 잘 왔다 할 사람이 아닌 걸 누구보다도 잘 알잖소."

일휴가 한숨을 푹 쉬고는 불필을 노려봤다.

"니가 나를 스님으로 안 보는 거 아니가?"

불필이 놀라서 물었다.

"그기 무신 말이오?"

"내가 아직도 니 어미로 보이나?"

"뭐라고요?"

"나도 그 정도는 안다. 언제까지 내가 니 어미로 있어야 되겠노? 내가 속가의 남편이 보고 싶어서 이라나? 아니다. 무슨 남편? 그까짓 거 머리 깎을 때 다 던져버렸다."

"그런데 와 갈라 카요?"

"니는 와 갈라 카노?"

"설법 들으러 간다 안 하요."

"나도 그 양반 설법 들을라고 그란다. 와? 나도 이참에 당당하게 한번 들어보자. 도를 얼마나 닦았는지…."

누가 뭐래도 그는 일휴에게 여전히 한심한 양반에 불과했다. 그가 위없는 도를 얻었다고 소문이 자자하지만 자신은 그의 속을 바닥까지 봐온 사람이다. 그래서 옛말에 성공한 위인은 못난 꼴 보이던 고향으로 가지 마라고 하지 않았

나. 옛날 함께 살 맞대고 살 때는 못 볼 것도 다 보고 살지 않았나.

둘째가라면 서러워할 양반집 규수를 데려다놓고 중이 된다면서 집을 나가버린 때가 언제인가. 세 살이나 아래인 풋총각에게 열일곱에 시집와서 스물넷에 첫딸 도경이를, 스물아홉에 막내딸 수경이를 낳았다. 그렇게 둘씩이나 애를 싸질러놓고서는 서른도 되지 않아 집을 나가서 돌아오지 않은 무정한 사람이다.

심지어 첫아이가 열세 살 되던 해 급살을 당했을 때 코빼기도 내비치지 않던 사람. 그 딸이 살았을 적 제 아비에게 가서 중이 되겠다고 할 때는 참말로 기가 차서 제대로 하소연조차 못했다. 첫아이가 죽었다는 소식을 듣지 못했을 리 없건만 안부 한마디 묻지 않던 사람이다.

시아버지는 놋재떨이를 두드리면서 말하곤 했다.

"아들이 아니고 원수다, 원수. 석가모니가 원수야."

일휴는, 아니 며느리 덕명은 그런 모습을 지켜보면서 몰래 눈물지은 적이 한두 번이 아니다. 그래서 작은딸 수경에게 더 집착했는지도 모른다. 비록 큰애는 그렇게 보냈어도 작은딸만은 결코 잃으면 안 된다는 생각에 애지중지했다. 그런 아이가 막내 수경이다. 그런데 그 아이는 지금 불필이라는 비구니가 되어 함께 걷고 있다.

시아버지는 그렇게 꽉 막힌 사람이 아니었다. 마을에서 제일가는 재산가였고 아들을 일본에 유학 보낼 정도로 신문물에 관심이 많았다. 손녀딸 수경이 학교 갈 나이가 되자 멀리 유학까지 보내어 공부를 시켰건만 그것마저 제 아비를 만나러 가더니 끝내 중이 되어버렸다. 어찌 억장이 무너지지 않겠는가.

시아버지는 곁을 떠난 아들을 기다렸다. 십 년 하고도 몇 년이었다. 그러나 아들은 끝끝내 돌아오지 않았다.

어느 날 시아버지가 만나서 결판을 내겠다며 산으로 올라갔다. 그런데 막상 아들을 보고 와서는 아무 말도 없이 낫을 들고 경호강으로 갔다.

무슨 일인가 했더니 말없이 그물을 걷어왔다. 그 사람에게서 도대체 뭘 보았는지 감동한 기색을 며칠 동안 숨기지 못하더니 살생하려고 쳤던 그물을 걷은 것이다.

며칠이 지난 뒤 시아버지는 드디어 말을 꺼냈다. 스님이 된 아들의 모습이 너무도 의젓하더란다. 역시 내 아들이구나 싶게 빛나 보이더란다. 신기한 일이었다.

잘한다 잘한다 하면 죽는 줄 모른다더니 결국 남편은 막내딸 수경마저 절로 데려가고 말았다. 하나 남은 손녀에게 모든 희망을 걸었던 시아버지는 몸져눕고 말았다. 집안 꼴이 말이 아니었다. 수경은 '십 년'이라는 말을 늘 입에 달고 살았다. 그때 알아봤어야 했다.

"엄마, 십 년이믄 돌아옵니더. 내한테 십 년만 주이소."

"무신 수로 십 년 안에 도통한단 말이고? 안 된다."

"정 안 된다 카믄 몰래 집을 나가부릴 기라."

그 말에 겁을 먹어 승낙하고 말았다. 그렇게 떠난 수경은 할아버지가 돌아가신 후에도 오지 않았다.

이 모든 것이 다 그 인간 때문이라고 생각했다. 그의 망령이 딸을 붙잡아둔다고 원망했다. 이놈의 인간을 만나 따지고 싶었다. 그래서 찾아 나섰건만 그런 자신마저 결국 머리를 깎다니….

2

그이를 만나려면 누구든지 삼천배를 해야 한다는 말을 들었을 땐 참 독선적이라는 생각을 했다.

법정法頂 스님은 그 말을 듣고 "굴신운동이 아니고 뭐냐?"고 비판했다. 법정 스님 말이 맞는 것 같기도 했다. 그런데 인홍 스님의 생각은 좀 달랐다.

"왜 그랬는지 잘 생각해봐라. 숭배를 받고 싶어서? 아무나 만나주지 않으려고?"

"그럼 어떤 뜻이?"

인홍 스님이 고개를 흔들었다.

"절대로 아니다. 절을 하면서 자기 안에 있는 부처를 만나 스스로 깨치라는 기다. 그것이 바로 스승님의 가르침이다. 세상의 시선에 왈가불가할 필요가 없다. 부처님을 통해 자기 자신을 깨치라는 것이 그분 가르침의 요지다. 그걸 가르치기 위해 그렇게 살고 계신 것이야."

그때부터 일휴는 한때 살을 맞대고 살던 남편이었고 지금은 도반이 된 성철을 깊이 이해하기 시작했다. 아니 반드시 그래야만 했다. 이것이 그를 완벽하게 이해하는 길이었다.

일휴는 가끔 삼천배를 한 이들을 만나보았다. 뜻밖에도 모두가 긍정적이었다.

"삼천배를 할라 카믄…?"

"힘들지요. 정신이 하나도 없어요. 아무리 건강한 사람도 절반 정도 하면 어질어질해요. 금방 죽을 것 같고, 무릎과 팔꿈치도 까지고…. 그런데 삼천배를 하고 나면 몸은 힘들어도 마음은 말로 표현 못할 정도로 좋아요. 뭐랄까, 해냈다는 생각도 들지만 이를테면 부처님과의 소통? 자기반성 아니면 참회? 맞습니다. 자기 참회라고 할까요? 나 자신을 되돌아보고 앞으로 어떤 마음으로 살겠다는 의지도 갖게 되고… 좌우지간 묘한 기분이었어요."

또 어떤 이는 말했다.

"오래전 대장암에 걸렸어요. 의사 선생님이 몇 개월 못 산다고…. 성철 스님을 찾아 뵈니 삼천배를 하면서 부처님께 부탁하라고 하셨어요. 그래서 죽기보다야 낫겠지, 굳게 마음먹고 절을 시작했지요. 삼천배를 계속하고 나서 엑스레이를 찍어보니 암 덩어리가 작아졌더라고요. 신기한 일이었죠. 성철 스님에게 말씀드렸더니 웃으면서 '부처님이 아니라 그대 자신이 낫게 한 것'이라고 하셨어요. 비로소 삼천배의 깊은 뜻을 알았죠."

어느 신도가 성철 스님에게 삼천배를 하는 웃지 못할 일도 벌어졌다. 그는 성철 스님을 보고 갑자기 절을 하기 시작했다.

"지금 뭐 하노?"

"오늘부터 스님께 삼천배를 하기로 마음먹었습니더."

"절을 할라 카믄 부처님께 해야지, 와 나한테 할라고 하노?"

"제 눈에는 스님이 부처님으로 보입니더."

성철이 제자들을 불렀다.

"이 사람 법당으로 데려가라. 어째 눈이 잘못됐는갑다. 내가 부처로 보인단다. 언 놈은 날더러 곰같이 생겼다고 하는데 부처님이라니. 곰 중에서 제일 못생긴 곰한테 부처님이라니. 야들아, 번쩍 들어 법당으로 데려가라."

단체로 몰려와 해인사 법당에서 구령을 붙여가며 절하는 이들도 있었다.

"일 배 시작… 이천팔백삼십구 배…. 삼천배 끝."

절을 끝내고 성철이 불공 잘했냐고 물으면 이렇게 대답했다.

"불공이 아니라 절을 했습니다."

"하하하, 그기 불공이다. 불공은 그렇게 하는 기다. 삼천배도 중요하지만 불쌍한 사람을 도와라. 그기 참불공이다."

절에 가서 삼천배를 하는 늙은 어머니의 정성에 감복하여 마음 잡고 열심히 공부해 고시에 합격한 사람도 있었다.

그 어머니의 아들이 판사가 되어 성철을 찾아왔다. 시자가 말했다.

"큰스님, 검사가 된 학생이 뵙자고 합니다."

그 소리를 듣고 성철이 물었다.

"뭣 때문에?"

"고맙다고 인사드리러 왔겠지요."

"그라믄 법당으로 가야지 내한테 올 이유가 어딨노. 부처님께 절하고 가라 캐라."

시자가 다녀와서 말했다.

"스님을 꼭 뵈어야겠답니다."

"와?"

"꼭 만나야겠다고…."

"가서 물어봐라. 공무냐고?"

"그러잖아도 물어보았는데 아니랍니다."

"그람 만날 필요 없다. 날 만날라 카믄 삼천배를 하고 오라 캐라."

이번에는 어머니가 아니라 검사가 된 아들이 절을 시작했다. 검사는 몇 시간 후 초주검이 되어 나타났다. 성철이 물었다.

"아이고 땀냄새가 향기롭네. 독하데이. 일전에 판검사들이 올라와 도저히 못하겠다며 산을 내려가드마…. 근데 무신 일 있나? 니가 검사가 된 것은 니 마음에서 연유된 기라. 그기 삼천배 정신이다. 부처님께 절하다 죽은 사람 없으니 죽는 날까지 계속해라. 몸과 마음이 더 좋아질 기다."

"스님, 그게 아니라 저희 어머니가 돌아가셨습니다."

일순 놀란 기색이던 성철이 이내 냉정하게 물었다.

"그런데?"

"좋은 곳으로 보내드리고 싶습니다."

"나보고 사십구재를 해달라 그 말이가?"

"기도해주십시오."

한참 생각하던 성철이 말했다.

"부처님 앞에 가서 다기물 한잔 올리게."

검사는 성철의 말에 뜨악한 표정이었다.

"그거면 된다. 떡하고 과일 올리는 거 다 번잡한 기다. 언제 부처님이 그런 거 올리라 카싰나. 목탁 치고 바라 울리고 그래야 극락 가나. 모든 건 일체유심조一切唯心造다. 마음의 장난이제."

검사는 성철의 말대로 불전에 다기물 한잔 올리고 산을 내려갔다. 발걸음이 가벼웠다.

일휴는 이런 이야기를 들을 때마다 그이가 보고 싶었다. 어쨌든 남편 아니었던가. 그러나 지금은 자신이나 그이나 부처님의 제자가 된 몸, 그토록 옭아매던 옛 기억들은 허공에 날려보내기로 마음먹었다.

3

옛날의 내 남편이어서가 아니다. 불가의 도반으로서 도

대체 그가 어떤 경지에 들었기에 다들 우러러보는지 내심 궁금했다. 그래서 일휴는 성철의 법문을 코앞에서 꼭 한 번은 귀담아듣고 싶었다.

쉰이 넘어 출가한 몸, 일찍 출가한 스님들의 시선이 곱지는 않았다.

"남편이 내로라하는 대덕이다, 이 말이지?"

그런 소리를 들을 때마다 명치끝이 송곳에 찔린 듯 아팠다. 그럴수록 일휴는 수행에 매달렸다. 따지고 보면 그런 남편 덕분에 머리를 깎을 수 있었다는 사실을 조금도 부정하고 싶지 않았다.

날이 갈수록 질시가 담긴 비구니들의 눈길을 참아내기가 힘들어 신경이 곤두서기도 했다. 눈치를 챈 인홍 스님이 일휴에게 한마디 던졌다.

"뾰족한 수가 없다. 열심히 수행해서 깨치는 수밖에. 옛날 부처님도 그랬다. 그의 아들인 라훌라 존자가 그랬고, 속가의 아내였던 야쇼다라 공주도 마찬가지다. 그들도 아버지와 남편이 교단의 교주라는 이유로 주위로부터 많은 질시를 받았다. 그러나 그런 질시가 오히려 그들을 다시 일으켜 세웠으니 얼마나 다행이냐. 일휴 스님도 열심히 수행하여 반드시 깨쳐야 한다. 그러면 모든 질시가 일시에 사라지지 않겠는가."

일휴는 부처님이 아버지라는 이유로 교단에서 배척당해 떠돌던 라훌라의 전기를 읽으면서 가슴 뭉클함을 느꼈다. 마치 막내딸 수경과 자신의 이야기 같았다. 부처님의 아들 라훌라는 사미계를 받지 않으면 비구들과 함께 잘 수 없다는 규율로 인해 한때 냄새나는 해우소에서 웅크리고 잔 적도 있다. 야쇼다라는 또 어떤가. 여자라는 이유로 제약을 받았지만 남편을 따라 출가하여 결국 부처님의 제자가 되지 않았던가.

일휴는 입술을 굳게 깨물었다. 모든 질시로부터 자유로워지려면 오직 깨쳐야 한다는 생각뿐이었다.

"선방 하나 내주이소."

그녀가 인홍 스님에게 청했다.

"선방은 왜?"

"무문관無門關에 들어섰다고 생각하고 한번 대들어볼랍니더."

인홍 스님은 너무 뜻밖이라 얼떨떨한 표정으로 그녀를 쳐다보았다.

"무문관에 들겠다고?"

"예."

아직 승으로서 기틀도 잡히지 않았는데 웬 치기냐는 의구심, 견더내지 못하리란 염려가 인홍 스님의 눈에 서려 있었다.

"걱정 마이소. 저도 해낼 수 있습니더."

일휴는 홀로 선방에 들어앉았다. 한 자 정도 되는 문으로 밥그릇과 요강이 드나드는 작은 방이었다. 깨치기 전까지는 결코 문밖으로 나가지 않으리라.

사흘은 그런대로 견딜 만했으나 그 후론 눈앞이 어지러웠다. 매미 소리라도 귓가에 닿으면 마치 천둥소리처럼 들렸다. 일주일이 지나자 밖으로 뛰쳐나가고 싶은 생각에 미쳐버릴 것 같았다. 이십 일이 넘어가자 머리에서 이가 굴러떨어지고 몸에서 심한 악취가 났다. 하루 한 번은 꼭 개울물에 씻었던지라 도저히 견딜 수가 없었다. 혈액순환이 안 되어 코피가 쏟아지고 입술이 터져 피딱지가 앉았다.

'깨침이 뭐기에…'.

차라리 죽는 게 낫겠다. 한 번만이라도 문을 박차고 나가 하늘 높이 두 팔을 들고 가슴속 깊이 맑은 공기를 들이마시고 싶었다. 시원한 물을 들이켜고 개울에 뛰어들어 헤엄을 치고 싶었다. 배불리 밥을 먹고 싶었다.

어느 날 사미니가 무문관으로 왔다. 일휴가 죽어가는 소리를 내자 사미니가 물었다.

"어디 아프세요?"

"나가고 싶으니 문을 좀 열어주이소."

"인홍 큰스님께 여쭤보고 오겠습니다."

그런데 어찌된 판인지 그 후 사미니는 코빼기도 보이지 않았다. 일휴는 문을 두들겼다. 그 소리는 적막을 타고 허공으로 사라졌다. 더욱 거세게 문을 흔들었다.

"나, 나갈랍니더!"

손으로 문을 두드려도 소용이 없어 아예 발길질을 하는데 문짝이 와르르 부서졌다. 그런데 어럽쇼? 어느새 문짝보다 더 두꺼운 나무판을 덧대어놓은 게 아닌가. 다시 손으로 두드리고 발로 차자 그제야 경책 스님이 장군죽비를 메고 나타났다.

"왜 그러시오?"

"도저히 못 견디겠습니더. 밖으로 내보내주이소."

그 말을 들은 경책 스님이 문을 따고 들어오더니 어깨, 머리, 허리, 다리를 가리지 않고 죽비가 너덜너덜해지도록 패고는 "나무 시아본사 석가모니불" 하고 합장한 후 나가버렸다.

온몸이 아파서 이틀을 꼼짝하지 못했다. 사흘이 지나도 들여다보는 사람 하나 없었다. 완전히 버려진 꼴이었다. 욱

신욱신한 통증보다 배고픔이 더 괴로웠다. 밥그릇이 들어오자 동물처럼 먹었다. 다시 닷새가 지나가자 눈이 뒤집힐 지경이었다.

"사람 살려, 사람 살려."

미친 여자처럼 방에서 날뛰었다.

마침내 사미니가 와서 문을 열어주었다.

"인홍 큰스님께서 오라십니다."

밖으로 나서자 발밑에 융단을 깐 것처럼 푹신하고 몸은 둥둥 허공에 뜬 것처럼 가벼웠다. 어디선가 맛있는 음식 냄새가 바람을 타고 콧속으로 들어왔다. 하늘거리는 꽃잎들, 맑은 하늘과 구름, 숲과 계곡 사이를 날아다니는 새들의 지저귐…. 지금껏 느껴보지 못한 세상의 풍경이었다.

'이 세상이 이렇게도 아름다웠다니!'

일휴가 방으로 들어서자 인홍 스님이 옅은 미소를 지었다. 혼날 각오를 했는데 뜻밖이었다.

"잘 안되지?"

"뵐 낯이 없습니더."

"그게 보통 힘든 공부가 아니거든. 그래서 다들 무문관이라고 하는 게야. 천지가 깨어져나가는 곳이 그곳인데 보통 신심으로 되겠는가. 부처 되기가 그리 쉽다면 아마 발에 밟히는 게 모두 부처일 테지."

일휴는 고개를 숙일 뿐 입이 열 개라도 할말이 없었다. 눈물이 솟구쳐 방바닥에 뚝뚝 떨어졌다.

"그래서 수행자는 자기 마음속 검은 까마귀를 잘 다스려야 하네. 그놈이 항상 말썽이거든. 그놈에게 목을 잡히면 그것으로 끝이야. 흰 까마귀는 이리로 가자고 하는데 검은 까마귀는 저리로 가자고 하거든. 그렇게 발목 잡혀 사는 것이 우리네 인생이지."

"할말이 없습니더."

"그런 걸 깨달으라고 허락한 것이네. 너무 서둘지 말게. 평상심이 바로 도라고 했어. 도가 따로 있는 게 아니야. 그러다 보면 차차 될성부른 승이 되고, 오지게 된 후에는 무문관이 문제겠는가. 이제야 성철 큰스님이 어떤 분인지 알겠지? 암자에 철조망을 둘러치고 십 년 장좌불와 수행을 하신 건 참말로 대단한 일이야. 그 오랜 세월 눕지도 않은 채 가부좌 틀고 수행하여 깨침을 얻어내셨어. 오매일여, 몽중일여, 숙면일여를 이루어내신 것이지. 죽을지도 모르는 병석에서도 그분은 철조망을 결코 벗어나지 않으셨지. 감기가 들어도 약을 드시지 않아 제자들이 이불을 덮어씌우고 한기를 막아야 했어. 이러다 죽는다고 모두가 염려하는데도 꼼짝하지 않으셨지. 그렇게 죽음과 맞서지 않고는 이루어낼 수 없는 경지가 바로 깨침이야. 그런데 자네는 겨우 며칠? 그 며칠도 못 이겨서 악악거리는데 깨침을 얻는다고? 어림없는 수작이지."

인홍 스님은 거침이 없었다. 못난 일휴의 가슴에 아예 대놓고 못질을 할 작정이었다.

일휴의 입에서 기어이 울음이 터져 나왔다.

"만해 한용운 스님의 제자인 욕쟁이 춘성 스님은 영하의 겨울에 졸음을 이겨내기 위해 얼음물에 들어가서 참선할 정도로 혹독한 수행을 하신 분이다. 그런 춘성 스님도 성철 큰스님의 장좌불와 수행을 흉내내다가 이가 몽땅 빠져버렸어. 그만큼 하기 힘든 게 바로 장좌불와 수행이야. 이렇듯 진정한 깨침이란 참으로 무섭고 힘들어. 그러지 않고선 결코 얻어낼 수 없기 때문이지. 자네는 어떤가? 자네와 불필이 올바른 수행을 해서 깨침을 구하려면 속가의 아내고 딸이었음을 빨리 지워야 하네. 이제는 속세의 모든 인연이 끊어졌다는 말일세. 무문관에 있을 때 어디 속가의 남편과 딸이 손을 잡아주던가? 여기는 비정한 곳이야. 그러지 않고서 어찌 도를 얻겠는가. 모든 것을 버려야 해. 그래서 내가 자네의 출가를 도왔네. 자넨 이제 속가의 이덕명이 아니라 일휴로 살아야 해. 속가의 남편과 딸은 그저 도반일 뿐, 머리를 깎고 나면 모든 인연이 끊어지지. 승가에는 미움, 증오, 사랑 따위는 없어. 이곳엔 오로지 부처가 있을 뿐. 너 혼자이기에 너는 누구의 것도 아니며, 무엇도 소유할 수 없기에 미움, 증오, 사랑을 버려야 한단 말일세. 이젠 어설픈 인연을 지우고 승 일휴로 다시 일어나야 하네."

"스님, 용서하이소."

인홍 스님은 매섭게 몰아쳤다.

"내가 용서할 수 있는 게 아니라 부처님께 용서를 빌어야 한다. 옛날에 아난 존자가 프라크리티이라는 속가의 여인을 사랑했네. 여인 또한 아난 존자를 못 잊어 부처님을 찾아가서 간청했지. '저를 가엾게 여기시어 아난 존자와 결혼하게 해주소서.' 부처님이 물었어. '그렇게도 아난이 좋으냐? 그럼 출가하여라.' 프라크리티이는 깜짝 놀랐지. '출가를 하라고요?' '그래, 출가하면 함께 있을 수 있지 않느냐.' '알겠습니다, 부처님이시여.' 그리하여 프라크리티이도 출가를 했지. 부처님이 왜 그녀를 출가시켰을까? 정말 두 사람을 맺어주려고?"

인홍 스님이 고개를 내저었다.

"아니지. 출가하여 불법을 알면 사랑의 본질을 깨닫게 될

걸 미리 알고 계셨어. 불법의 참의미가 바로 그거야. 그대는 왜 출가했는가? 참인연이 무엇인지 알기 위해서가 아닌가."

인홍 스님의 말에 일휴는 합장하고 깊이 고개를 숙였다.

4

일행은 성전암을 향해 다시 걸었다. 성철 큰스님을 알현하고 법문을 직접 들으러 나선 길, 배는 고프고 길은 너무 멀었다. 기장에서 성전암으로 가려면 대구에서 내려 온종일 걸어야 했다. 어느새 가져온 주먹밥도 동나고 말았다. 그런데도 일휴는 기를 쓰고 걷고 있었다.

드디어 성전암의 불빛이 멀리서 눈에 들어왔다. 불빛을 따라 성전암에 들어서자 철조망이 앞을 가로막았다. 도반들이 함께 달려들어 철조망을 벌리느라 끙끙댔다. 일휴는 기가 막혀 그걸 바라보고 서 있었다.

"아이고, 독하네."

지독한 줄은 알고 있었지만 이 정도일 줄이야. 철조망을 뚫고 도량으로 들어서자 암자의 전각들이 어둠 속의 괴물처럼 모습을 드러냈다.

그들은 요사로 숨어들었다. 방에서 자고 있던 사미승이 놀라 소리를 지르자 도반 하나가 사미승의 입을 막고서 말했다.

“얼른 큰스님께 가서 일휴 스님과 불필 스님이 왔다고만 일러주소.”

사미승이 나간 뒤 겨우 자리를 잡고 앉는데 성철 스님의 고함이 들려왔다.

“뭐라꼬? 그것들이 또 왔다고? 이것들이 미쳤나.”

잠시 후 벌컥 방문이 열렸다. 성철의 손에는 장군죽비가 들려 있었다. 도반들을 바라보는 성철의 큰 눈망울에서 성난 불꽃이 쏟아졌다. 속가의 아내와 딸….

“이것들이 이젠 아주…!”

“큰스님, 큰스님의 법문을 들을라고….”

불필이 겁에 질려 중얼거리자 성철은 소리를 질렀다.

“나가라, 나가. 이 마구니들.”

속가의 아내와 딸이 아니라 승가의 도반으로 왔다는데도 심기가 불편했던지 성철은 마구 장군죽비를 휘둘렀다. 그 바람에 도반들은 성전암 밖으로 도망쳤다. 일휴는 성전암 골짜기에 숨어 추위에 오들오들 떨면서 투덜거렸다.

“아이고, 그 성질머리 살아 있네. 참말로 대단하네. 지 마누라 중 된 거 보고도 눈 하나 깜빡 안 하고 내쫓는 거 보믄. 부처님이 참 독한갑다.”

일휴와 불필은 밤새 성전암 골짜기에 숨어서 추위에 벌벌 떨었다. 날이 흐려 달도 없는 칠흑 같은 밤이었다.

굶주린 배를 안고 기장 묘관음사로 돌아가는 발길은 무거울 대로 무거웠다. 묘관음사에서는 인홍 스님이 기다리고 있다가 한마디했다.

"가봐야 헛일이라고 안 했느냐."

"아무리 그래도 큰스님이라는 사람이 우째 그리 인정머리가 없습니꺼."

일휴가 입술을 깨물면서 말했다.

도반 하나가 밥숟가락을 입 안에 밀어넣으면서 말했다.

"아직도 멀었다 그 말이다. 여가 어디고? 속가의 인연이 끊어진 곳이다. 늬들 행여나 하고 간 모양인데 그래서 내쫓김을 당한 기다. 그 양반 평소 신념이 뭐꼬? 깨침을 위해 일체를 희생한다 아니가. 그런 사람이 니들 중 됐다고 아이고 좋아라 맞을 줄 알았다면 잘못이지. 일전에 들으니 제자들과 신도들이 차린 생일상도 엎어버렸다드만."

일휴가 할말을 잃고 고개를 떨어뜨렸다.

비둘기 부처

한 여인이 성전암으로 기도하러 왔다. 여인의 남편은 대구에서도 꽤 유명한 기업을 운영하고 있었다. 향수를 잔뜩 뿌렸는지 여인의 몸에서 이상야릇한 향기가 진동했다. 목과 팔에 주렁주렁 금붙이를 매달았고, 걸친 옷은 한눈에 봐도 꽤 비싸 보였다.

암자에는 가끔 비둘기들이 날아들었다. 그날도 성철은 오전 예불을 마친 뒤 비둘기에게 먹이를 주고 있었다. 비둘기는 먹이를 받아먹으려고 성철의 손바닥 위에서 연신 고개를 주억거렸다.

비둘기의 행동이 신기한지 여인이 한동안 그 광경을 쳐다보다가 성철과 눈이 마주치자 두 손 모아 합장하고는 중얼거렸다.

"비둘기도 큰스님을 알아보네요. 아이구, 예뻐라."

"남편 사업이 잘되나 보네?"

"예, 큰스님 덕분입니다. 삼천배 효과가 정말 좋은 모양입니다. 회사가 갈수록 잘 굴러가니…."

"허허허, 다행이로세."

목에 걸린 진주 목걸이가 유난히 반짝거렸다. 남편의 사업이 잘돼서 보석을 칭칭 감고 기도하러 왔느냐고 나무라고 싶었지만, 그날따라 성철은 목구멍으로 말을 삼켰다.

"그 목걸이 참말로 이쁘네."

여인은 목걸이를 만지작거리며 말했다.

"아, 이거 말입니까?"

"엄청 비싸겠네?"

"돈푼깨나 나가죠. 남편이 삼천배를 한 기념으로 사주었어요."

"거, 보살은 삼천배 덕을 정말 톡톡히 보고 있네."

그때 비둘기가 성철의 손바닥 위로 올라왔다.

"그 목걸이 이리 한번 줘봐라. 우리 비둘기도 목걸이 한번 해보게. 방금 요것이 자기도 해보고 싶다고 고개를 주억거리네."

"아, 비둘기가요?"

"야 눈을 봐라. 그렇게 말하고 있잖아."

그러고 보니 정말 비둘기가 자신을 보고 있는 것 같았다. 여인은 별 의심 없이 목걸이를 끌러주었다. 성철은 목걸이를 받아 쥔 다음 비둘기의 목에 걸었다.

"하하, 이쁘네. 어디 한번 훨훨 날아봐라. 고놈 참 번쩍번쩍 빛이 나네."

말이 떨어지기가 무섭게 비둘기가 진주 목걸이를 목에 건 채 허공을 한 바퀴 돌고는 하늘 높이 날아갔다.

"악, 내 목걸이!"

여인이 놀라서 손을 내저었으나 이미 늦었다. 성철은 비둘기가 날아간 하늘을 보며 허허 웃었다.

"큰스님, 어쩜 좋아요?"

여인이 동동거렸다.

"걱정 마라. 금방 돌아올 기다. 친구들한테 자랑하고 돌아오겠지."

"그럴까요?"

"하모."

한참 후 비둘기가 돌아왔다. 비둘기의 목을 살피던 여인은 자지러졌다.

"목걸이가 없네!"

성철의 눈이 커졌다.

"일마, 목걸이 우쨌노?"

비둘기가 성철의 무릎에 올라와 고개를 갸웃거렸다.

"내 목걸이 어쨌어?"

여인이 손가락질하며 비둘기에게 물었다. 비둘기는 여전히 고개를 갸우뚱거리며 검은 눈을 반짝반짝 빛냈다.

"큰스님, 야가 지금 뭐라고 합니까?"

"친구한테 빌려주고 왔다 카네."

"친구 누구요?"

"허허, 그거야 나도 모르지."

"우짭니까, 내 목걸이?"

"기다리면 친구가 안 오겠나. 일마가 가서 데려오든지."

"빨리 가서 내 목걸이 가져온나."

"아이고, 다그치지 말거라. 금방 가져오겠지."

비둘기는 말귀를 알아들은 것처럼 이내 서편 하늘로 푸드덕 사라졌다.

밤이 되자 성철은 여인에게 한마디했다.

"걱정 말고 오늘은 푹 자거라. 아마 내일 다시 오겠지."

"어디 흘린 거 같은데예…."

"비둘기도 다니는 길이 있으니 못 찾을 리 있겠나."

"예, 알겠습니다."

다음 날 아침이 밝았지만 비둘기는 그림자도 보이지 않았다. 성철은 무사태평이었다. 여인은 화를 낼 수도 없어서 방 안에 옹송그리고 앉아 비둘기를 기다렸다. 한낮이 지나도 끝내 비둘기는 나타나지 않았다.

성철은 주지와 대중들을 불러 진주 목걸이를 찾아보라고 시켰다.

"글마가 올 때가 됐는데 참말로 안 오네. 내일까지 자랑하고 올라나."

성철은 들으라는 듯 혼잣말로 중얼거렸다. 그 모습을 보며 다른 스님들이 수군거렸다.

"우리 큰스님 유독 있는 체하는 사람 싫어하시잖아."

"목걸이 찾아서 가져가면 치도곤을 맞을 기다."

"그렇고말고."

목걸이를 찾지 못한 여인은 결국 산을 내려간 후 한동안 절에 나타나지 않았다. 성철은 시자에게 말했다.

"목걸이 잃어버리고 집에 가서 남편한테 식겁했는갑다."

시자가 웃으면서 말했다.

"몸서리난다고, 같이 다니던 보살님이 그랍디다."

"그래서 몸가짐이 중요한 기다. 절에 오는 사람이 몸에 향수 뿌리고 보석 달고 오면 절하기 힘들지."

그러던 어느 날 여인이 다시 절에 나타났다. 화장을 싹 지우고 몸에 보석 하나 걸치지 않은 차림새였다.

"우째 된 기고?"

성철이 기특해서 물었다.

"큰스님, 죄송합니다. 스님의 큰마음을 미처 모르고…. 제가 그땐 잠시 미쳤던가 봅니다."

성철이 고개를 끄덕이며 웃었다.

"알믄 됐다. 그래 남편 사업은 잘되나?"

"예."

"치장하고 보석 살 돈 있으믄 가난한 사람들 좀 도와라. 하루 한 끼도 못 먹고 굶어 죽는 사람이 부지기수다."

"명심하겠습니다."

그 후 여인이 식당차를 마련해 행려자들에게 밥을 나눠준다는 소식이 들렸다. 성철은 비둘기에게 합장하며 말했다.

"비둘기 부처님, 한 건 하셨네요."

4장

열반의 길

동산에 서다

1

바람이 불어와 언덕 위 풀들을 쓰다듬자 자지러지던 풀들이 이내 고개를 들었다. 나무는 새순을 틔우고 꽃들은 잎을 펼쳐 어디서나 봄기운이 완연했다.

성철이 스승 동산 스님의 열반 소식을 접한 것은 성전암 문을 열고 나와 운달산 김룡사에 들던 해였다. 용성 선사의 법맥을 이은 동산 스님이 금빛 같은 열반송을 남기고 1965년 음력 3월 23일 열반에 든 것이다.

원래 일찍이 바꾼 적이 없거니

어찌 두 번째의 몸이 있겠는가

백년 삼만육천 일

매일 반복하는 것

다만 이놈뿐일세

元來未曾轉 豈有第二身

三萬六千朝 反覆只這漢

스승은 새벽 세 시면 어김없이 일어나 수각으로 나가 합장한 뒤 조왕단의 문을 활짝 열어놓고 삼배했다. 또한 탑, 종루, 지장전순으로 각단예불을 드린 뒤에야 법당에 들어서 좌정했다.

종단이 자주성을 잃고 비틀거릴 때 정화에 앞장섰던 이도 바로 그였다. 수복멸죄修福滅罪하고 숭신불법崇信佛法하는 청정한 도량을 위해 평생을 바친 스승이었다. 계율 수호자로서 정화운동의 선봉장이었고 간화선법의 제창자였으며 금정산문의 종장이던 그가 마침내 열반에 든 것이다.

성철이 스승의 열반 소식을 듣고 금정산문에 막 도착했을 때다. 백련암에서 함께 수행했던 도반이 기다렸다는 듯이 달려와 합장했다.

"성철 스님! 동산 큰스님께서 열반 직전까지 기다리셨습니다."

"예?"

"큰스님께서 돌아가실 즈음 물으셨어요. 성철이 어디 있는지 아느냐고. 모른다고 했더니 매일같이 산문에 나가 서 계시곤 했지요."

그날 성철은 '동산대종사 사리탑비' 비문을 지으면서 울음을 삼켰다. 아마 동산 스님이 스승 용성 스님을 기리며 《용성 선사 어록》을 엮을 때도 그러했을 것이다.

슬픈 일이다. 바야흐로 성인께서 가신 지가 오래다. 마魔는 강하고 법法은 약하다. 여래의 정법正法이 파순波旬의 마설魔說로 변질되어가고 임제의 종풍이 야간의 긴 울음소리에 떨어져가고 있다. 만일 선사와 같이 행行이 높고 지혜가 원대한 자가 아니라면 아무리 설한들 누가 알아들을 수 있겠는가?

(…)

선사께서 오심이여
끓는 번뇌에 시원한 감로수요
선사께서 가심이여
인천人天의 안목眼目을 잃었도다

(…)

산과 산 물과 물은
나의 모습이요

꽃과 꽃 풀과 풀은

나의 뜻이다

(…)

어찌 오고가는 상相이 있고

사랑과 미움의 정이 있으리오

정은 남고 지혜는 격隔했으니

간절히 모름지기 뜻을 가져라

(…)

특히 바라는 바는 성수는 하늘처럼 항상하고 이 땅은 오래도록 영원하여라. 종풍은 끊이지 않고 부처님의 태양은 길이 빛나라. 법계의 함령含靈들이여! 마음 깨쳐 성불하라.

시時 세존응화 2968년 3월 3일

문인門人 동산혜일 발跋

그렇게 임제 종풍을 선양하겠다는 원력이 지대했던 분 아닌가. 환성지안喚惺志安, 용성진종龍城震鍾, 동산혜일에 이르기까지 이어져온 신심을 어찌 모르겠는가. 그렇게도 경전을 멀리하라고 당부하시던 스승이다. 하지만 그가 언제 선교일치를 버렸던가, 사교입선捨教入禪의 전통을 버렸던가.

언젠가 신참에게 스승이 하신 말씀을 성철은 똑똑히 기억하고 있었다.

"수좌야, 내가 문자를 버리라 한다고 문자를 버리면 어디서 부처를 만날 것이냐. 사집四集, 사교, 대교까지 모두 간경看經해 마치고는 사교입선해야 비로소 길이 보인다. 교는 저절로 버려지는 것이다. 그렇게 선에 들어와야 활연대오할 수 있다. 그것이 바로 선이다. 그러므로 선문禪門에서는 글 보는 것을 허락지 않고 활구活句 참선에만 전념케 하는 것이다. 이제 내 본뜻을 알겠느냐?"

2

그날 나이든 몇몇 스님이 다비장을 돌고 있었다. 승단에서 내로라하는 스님들이었다. 성철이 젖은 눈으로 바라보는 것도 모른 채 그들은 깊은 대화를 나누었다.

"지유知有 스님은 정화불사 때 어디 있었습니까? 혹시 그때 스님이 이승만을 들쑤신 거 아닙니까?"

"아니, 이 사람 못하는 소리가 없네. 이승만인가 뭔가를 들쑤신 건 당시 문교부장관 이선근이었어요. 이승만이 절에 들렀는데, 그 절 주지가 처자를 거느리고 있더라는 겁니다."

"그래서 승단 정화를 부추겼다? 그거 말 되네."

"뭔가 잘못 아는 것 같은데 승단 정화를 이끌어낸 사람은 이선근이 아니라 하동산 스님이었어."

"눈에 선하네요. 동산 스님 정말 대단한 분이시지요. 1942년 만해, 만공, 한암 스님 등과 함께 《경허집鏡虛集》을 발간할 때 발기인으로 참여하는가 하면, 선찰대본산의 선원장이었다가 조실로, 또다시 금어선원의 조실로…. 금어선원은 성월 스님이 개설해 경허, 한암 등 기라성 같은 스님들을 배출한 곳 아닙니까. 종정에 오르고서는 중생제도가 먼저라며 걷어차셨는가 하면…."

"하이고, 그것도 이제는 다 옛말이네. 한때 정화에 매진했던 동산 스님은 열반하는 날 아침까지 도량을 청소하셨다네."

"어디 그뿐인가. 당신 몸이 안 좋아도 조석 예불에 단 한 번도 빠지질 않으셨어."

"입적하기 전 범어사 금강계단에서 보살계를 주관하며 회향법문廻向法門을 통해 자신의 입적을 알렸으니 성철 스님 마음고생깨나 하셨지."

"하기야 성철 스님이 괄괄해도 스승님께는 끔찍이 했지요."

"둘째지만 맏이나 마찬가지지."

"청담 스님도 충격이 큰 모양이더라."

"어찌 안 그러겠어. 불국토를 깨끗이 하자며 정화불사를 함께했는데…."

"그 양반의 조시弔詩에 목이 메더라고."

아이고! 아이고! 아이고!
큰 법당이 무너졌구나
어두운 밤에 횃불이 꺼졌구나
어린아이만 남겨두고
우리 어머니는 돌아가셨구나
동산東山이 물 위에 떠다니니
일월日月이 무광無光하도다. 억!
봄바람이 무르익어
꽃이 피고 새가 운다.

"얼마나 산이 무너지고 하늘이 무너지겠어."

"고성 옥천사 남규영南圭榮 스님이 청담 스님의 은사셨지. 본의 아니게 어머니 때문에 파계의 길을 걷고 말았지만 그 심정이 오죽했을까. 대를 이어야 한다는 절실한 청을 끝내 뿌리치지 못했으니."

"하룻밤의 정사가 영원히 발목을 잡을 줄이야 누가 알았겠나."

"그 양반 그런 면에서 욕 못한다. 그 바람에 어렵고도 괴로운 정진의 길을 걸었으니까. 개운사 대원불교전문강원에 들어가 당대의 강백 박한영朴漢永 스님에게 경율론 삼장을 마쳤고, 독립운동하다가 일곱 달 동안 왜놈들 감옥에 갇히기도 했지. 출옥한 후 만공 회상에 들어가 공부했다네. 내가 원오 스님을 모실 때였지. 원오 스님이 청담 스님을 앞에 두고 '장가들었다며' 하고 놀리곤 했다네. 청담 스님은 허탈하게 웃기만 하더군. '장가들었으면 마누라하고 재미나게 살지 왜 올라왔어?' 그때 청담 스님이 뭐라고 했는지 알어? '그대 마음이 내 마음이지.' 무슨 소린가 했는데 원오 스님이 대처승이었을 줄이야. 전쟁이 나자 가족이 모두 총 맞아 죽었다네."

"뭐니 뭐니 해도 성철 스님의 상심이 크시겠지."

"그러고 보면 성철 스님도 안됐어. 향곡 스님 말 들으니 기가 막히더라고…."

"무엇이?"

"불필에 관해 들었는데 짠하더군."

"사범학교 졸업하고 선생 하려다 석남사로 출가했다지?"

"성철 스님이 만석꾼의 자식 아닌가. 그러니 얼마나 금이야 옥이야 키운 딸이겠나. 어릴 때부터 서울 유학을 시킬 정도였으니."

"속가 이름이 수경이었을 게야."

"다들 보통은 아니지. 불필의 어머니는 어떻고. 성철 스님 부인 말이야. 딸마저 출가하니까 속이 상해 성철 스님을 찾아갔다지 뭔가. 그러다 결국 출가하고 말았다는군."

"성철 스님 어머니부터 내림이야. 아들 따라 출가했는데 불필이 출가하고 삼 년 후에 돌아가셨다는군. 참말로 이상한 건 성철 스님 부인이야. 출가한 불필을 십 년을 기다리다가 결국 출가하고 말았으니."

"하긴 그 집 식구들 하나같이 독하고 예사롭지가 않아. 지금도 석남사 삼 년 결사가 회자될 정도니까."

"맞아. 지독한 사랑이지. 백련암 성철 스님의 권고로 시작된 결사였으니 오죽할까. 해인사에서 성철 스님 백일법문을 듣고 신심이 충만할 때였으니."

"석남사 심검당에 젊은 수좌 일곱이 모였는데 나도 거기 있었어. 화장실 갈 때가 아니면 절대로 가사를 벗지 못하는 장좌불와 수행을 백 일 동안 했는데 정말 독하더라고. 어쩜 그렇게까지 할 수 있는지. 호롱불을 들고 심검당에서 사슴

목장까지 걸어갔다 오는, 거의 서서 살다시피 하는 행선行禪이었지. 그 고통이 오죽했을까. 덮을 이불이 있나, 요가 제대로 있나…."

"어느 날 불필이 아버지 성철에게 물었다는군. 자신이 왜 불필이냐고. 필요 없어서 그렇게 지었냐고. 그랬더니 하필何必을 알면 불필不必의 깊은 뜻을 안다고 대답하셨다지."

"맞아. 부처님께서도 출가 전 아들이 태어나자 장애가 생겼다며 라훌라라고 짓지 않으셨나."

"대단한 집안인 것만은 사실이야. 속가의 어머니가 찾아왔다는 소식을 듣고 불필이 도망갈 정도였으니."

"그래서 성철 스님 부인이 딸을 보려고 출가했다는 말도 있어."

"맞아. 석남사로 출가해 일휴라는 법명을 받았어. 출가 후에도 딸 생각에 염주를 놓지 않으셨다네."

"남편이란 작자가 배 속 아이까지 버리고 출가했으니 심정이 오죽했을까. 게다가 딸마저 결국 출가를 해버렸으니. 내림이라니까."

선풍검풍禪風劍風

1

스승 동산 스님을 보내고 나니 비구승과 대처승 사이의 문제가 다시 불거졌다. 마치 스승이 못다 푼 문제가 아직도 남아 있음을 보여주려는 듯했다.

성철은 정화운동에 참여하면서 절집의 재산을 사회에 환원했다.

"승려는 걸식하며 수행에 힘써야 한다. 그러지 않으면 절 뺏기식 정화가 될 것이다. 묵은 도둑 쫓아내고 새 도둑을 만들어서야 되겠나."

그렇게 노력했어도 그의 간곡한 뜻은 받아들여지지 않았다.

세월이란 바람 같은 것이다. 결 좋은 바람이기도 하고 사나운 강풍이기도 하다. 그렇게 생명은 바람 속에서 세월을 난다.

한 가문에서 마흔한 명이 한꺼번에 출가했다. 대주 이하 모든 식구가 버스 한 대를 타고 와서 출가한 것이다. 그 가문의 할머니가 독실한 불교 신자였는데 돌아가신 후 장례를 치르는 도중 방광放光이 섰다. 그 빛이 얼마나 장엄했던지 모든 식구가 발심하는 계기가 되었다.

그들 중 조계종 전계대화상 자리에 오른 스님이 있으니 바로 일타 스님이다. 그는 열네 살에 해인사로 출가, 1943년 4월 통도사에서 자운 스님을 계사로 사미계를 받았고, 1949년 범어사에서 동산 스님을 계사로 비구계를 받아 성철 스님과 같은 문중이 되었다. 1956년에는 인적 없는 태백산 도솔암으로 가 손가락 열두 마디를 연지연향燃指燃香했다. 다음은 그때 그가 읊은 게송이다.

몰록 하룻밤을 잊고 지냈으니
시간과 공간은 어디로 가버렸나
문을 여니 꽃이 웃으며 다가오고
광명이 천지에 가득하구나

頓忘一夜過 時空何所有

開門花笑來 光明滿天地

성철은 평소 남에게 부탁이라고는 도통 할 줄 모르는 양반이었다. 서른 명이 넘는 상좌를 두고서도 단 한 번도 빨래를 맡겨본 적이 없었다. 누군가 빨래를 해주겠다고 나서면 오히려 이렇게 말했다.

"가온나. 니 꺼 내가 빨아주께. 언 놈이 제 땀 밴 것을 남에게 맡긴단 말이고. 그거 하나 제 손으로 해결 못하면 어서 죽어야지. 밥도 떠먹여줄래? 세상 사람들은 옷이 많아서 빨 게 많아도, 중이야 먹물 옷 하나가 다인데 빨 게 뭐 있노."

수행승은 가난해야 한다며 늘 승복 한 벌만 입었기에 사실은 빨고 자시고 할 것도 없었다.

"스님, 말씀만 하십시오. 따뜻한 털옷 원 없이 해오겠습니다."

재벌 총수가 와서 말했다.

"필요 없소. 그럴 돈 있으면 직원들에게나 잘해주시오. 그렇게만 하면 사업 잘되라고 기도해드릴 테니."

성철의 답이었다.

성철의 빨래 솜씨는 독특했다. 빨랫감을 개울물에 담가

몇 번 휘휘 젓고는 나뭇가지에 걸쳐놓는 게 다였다. 마르고 나면 가져다 발로 꾹꾹 밟아서 입었다. 신발도 검정 고무신만 신었다.

보다 못한 제자들이 한마디했다.

"큰스님, 흰 고무신을 안 신고 왜 검정 고무신을…?"

"일마야, 검정 고무신이 어때서? 그것도 나한테는 과분하다. 흰 고무신 그거 때만 잘 타고 자꾸 씻으면 빨리 닳잖아."

하루는 일타 스님이 성전암에 있는 성철을 찾았다. 성철은 그를 보고 말했다.

"내 머리 좀 깎아도고."

"안 그래도 삭발해드리려고 올라왔지유."

"개울로 내려가까?"

"오늘은 시원하게 그래도 되겠구먼요."

두 사람은 개울로 갔다.

일타 스님이 성철의 머리를 깎는데 꿩 한 마리가 숲속에서 날아올랐다. 꿩이 내지르는 소리에 일타 스님이 멈칫했다.

"와 그라노?"

"갑자기 꿩이 날아올라 놀랬구먼요."

"뭐라 카노. 삭도를 들고 놀라다니. 사내대장부가 그리 심약해서 도솔암에는 혼자 우째 가 있었노?"

"아닌 말로 귀신이 곡하겠대유. 밤이 되면 귀신들이 웅성거리는 소리가 귀에 다 들리더라니까유."

"귀신을 봤나?"

"귀신이 어딨습니까?"

"뭐라 카노? 그라믄 뭐가 울었다 말이고?"

"바람 소리였구먼요."

"니는 귀신이 있다고 생각하나?"

일타 스님이 난감한 표정을 지었다. 성철이 평소 영혼의 문제에 천착하고 있음을 누구보다도 잘 알았다. 성철은 영혼과 육체라는 두 가지 문제를 현실의 기본 규칙으로 삼는 이원론자였다. 영혼을 존재론적으로 보았기에 윤회를 철저히 믿었다.

"어느 작가가 그러더만요."

"뭐라고?"

"도대체 사람이 죽으면 어떻게 그 영혼이 살아남아 환생할 수가 있냐고…."

"작가가 뭘 안다고."

"죽으면 그만 아니냐고. 칠식七識까지는 작동을 멈추고 팔식八識은 살아남아 환생하는 게 말이 되냐고."

"뭘 몰라서 하는 말이지."

"하기야 지금이 어떤 세상입니까?"

"어떤 세상인데?"

"그 작가가 그러더만요. 앞으로는 대체인력이 필요하면 한 인간에게서 육십 조의 복제인간을 만들어내는 시대가 온다는데 그 수많은 영혼을 어떻게 대체하냐고요."

"글마가 누고?"

"소설 쓰는 사람인데…."

"유명하나?"

"불교 소설을 쓴다더만요."

"별스럽네."

"들어보니 헛소리는 아닌 거 같더만요. 원래부터 세포 속에 영혼이 있다는데 이게 설명이 되느냐고…. 더욱이 그 세포가 분열되면 어찌 되냐고…."

"와, 글마 되게 골치 아픈 자식이네. 그래서?"

"도대체 결론이 뭐냐고 했더니 딱 한마디로 자르더만요."

"뭐라고?"

"DNA라고."

"DNA?"

"예, 옛날 사람들은 DNA를 몰라서 영혼이라고 불렀답니다. 이걸 불교에서는 본래본법성이라고 한다는 겁니다."

"DNA와 본래본법성? 하하하, 글마 참 재밌는 놈이네."

성철은 불현듯 세상이 많이 변했다고 생각했다.

유식학唯識學은 우리에게 마음을 보는 등식을 제시한다. 인간의 의식에는 안이비설신의眼耳鼻舌身意라는 육식六識이 있고 그다음에 심층 의식인 칠식이 있다. 칠식은 말나식末那識, 흔히 무의식이라고도 한다. 그리고 이 무의식 깊숙한 곳에 아뢰야식이 있다. 육식인 심식心識과 칠식인 말나식은 육신이 죽으면 그 자리에서 작동을 멈추지만 아뢰야식은 살아남는다. 이를 두고 업종자業種子라고 하는데 바로 영혼을 가리킨다. 즉 죽음 뒤에 다시 생을 받을 때까지의 몸인 중음신中陰身이자 종자식種子識이 바로 이것이다. 이것을 윤회의 주체라고 한다.

하지만 단멸론자들은 정반대다. 그들은 원래부터 영혼이란 없기에 윤회도 없다고 주장한다. 그렇다면 부처님의 윤회설은 어떻게 설명할 것인가. 부처님은 경전에서 입만 열면 윤회를 언급하지 않는가. 그래서 불교의 핵심이 윤회 아니었던가. 과거 부처님조차 짐승의 보報를 받고 태어났다가 다음 생에는 사람의 보를 받고 태어나 마침내 깨침을 얻고 부처가 되었다고 보는 것이 바로 불교 사상이다.

그렇지만 인간으로 환생한다고 지은 업이 모두 사라지는

것이 아니다. 그리고 그 업에 의해 지금 자신이 존재한다. 부처님도 전생에 지은 업 때문에 조국 카필라가 멸망할 지경에 이르렀다고 하신 것이 경에 씌어 있지 않은가.

그런데도 단멸론자들은 여전히 부처님의 윤회설을 부정하고 있다.

성철은 고개를 갸우뚱거리며 물었다.

"니는 우째 생각하노?"

일타 스님이 머뭇거리며 입을 열었다.

"이미 본래면목인데 그가 오면 어떻고, 오지 않으면 어떻습니까. 조사祖師가 오면 조사를 죽여야 하고 부처가 오면 부처를 죽여야 하지 않겠습니까?"

"입에 발린 소리! 이해 못할 사람은 우리가 믿는 부처제. 입으로 무아無我를 외치면서도 영혼을 존재론적으로 보고 있으니 말이다. 식識이 있으니 아뢰야식이 있다. 하기야 어렵기는 하제."

"그래서 이런 말도 있습니다. 부처님은 개에게 불성이 있다고 했고, 조주는 없다고 하지 않았습니까. 그로 인해서 구자무불성 화두가 만들어졌으니 이제 스님은 영혼의 문제로 조주가 되겠다는 말씀 아닙니까."

"부처님의 방편교설方便教說이나 믿으면서 그것이 마치

진실인 양 오도하는 무리가 문제다 그 말이지. 하지만 과학적으로도 속속 드러나고 있다 아니가. 결국엔 모든 것이 오직 내 마음에 달렸지."

"다 됐구먼요."

일타 스님이 삭발을 마친 뒤 성철의 목에 둘렀던 수건을 벗겨냈다.

"아이고 시원하네. 머리통이 이상하게 생겼제? 청담 스님은 머리가 미끈하게 생겨 마음이 좋은데, 나는 이리 울퉁불퉁하게 생겨서 성질이 괴팍한 모양이라."

일타 스님이 웃었다.

"시원하게 머리 감으세요."

2

"니하고 차 마셔본 지가 얼마 만이고?"

성철과 일타 스님이 차탁을 두고 마주앉았다.

"도솔암 가기 전이니까 한참 되었구먼요."

"도솔암 이야기 함 해봐라. 제대로 공부가 되더나?"

"초저녁에 손가락에 불을 붙였는데 눈을 뜨니 아침입디다."

성철이 우하하 웃었다.

"아따, 재미를 제대로 봤는갑네. 진짜 삼매를 봤다 그 말이가? 눈을 뜨니 뭐가 보이더노?"

"뜰에 핀 꽃이 방긋방긋 웃더구먼요."

"니 잠 속은 어떻더노? 정定 그 자체드나?"

일타 스님이 그럴 줄 알았다는 듯 호호 웃었다. 성철의 질문에 넘어갈 그가 아니었다. 도솔암은 인적이라고는 전혀 없고 짐승 우는 소리만 들리는 곳이어서 내로라하는 승들도 언감생심 엄두조차 못 내는 수행처였다. 그는 그런 험한 곳에서 몇 년을 버티다가 돌아온 수좌였다.

구렁이 담 넘어가듯 스리슬쩍 던진 성철의 질문에는 칼날 같은 무서운 의도가 숨어 있었다. 말하자면 '그곳에서 네가 건진 화두는 무엇인가?' 점검하고 있는 것이다.

화두가 설익은 사람은 정에 빠지면 그게 다라고 생각한다. 화두를 잃어버린 상태는 편안하고 고요하다. 그렇기에 그 상태를 탐닉하고 거기에 빠져서 본능적으로 헤쳐 나오려고 하지 않는다. 이것은 마음의 작용까지 멈춰버리는 일종의 병이다. 말하자면 세속인들에게 가장 편안한 상태가 잠이라면, 화두를 든 수행자에게는 가장 경계해야 할 것이 바로 잠이다. 그래서 성철은 수행자는 잠을 자면서도 화두를 들어 항상 정의 상태에 머물러야 한다고 강조했다. 이것이 바로 숙면일여의 경지였다.

인간의 의식 체계는 바다에 비유할 수 있다. 바다의 표면을 육식이라고 가정하면 그 아래에는 무의식의 세계인 칠식이 있고, 또 그 아래에는 죽어도 죽지 않는 아뢰야식이라는 미세망념微細妄念의 세계가 있다. 그리고 그 아래에는 시공을 초월한 대원경지大圓鏡智의 세계가 있다. 이것이 바로 불성의 세계이다. 성철은 이 과정을 매우 중요시했다. 인간의 의식은 이런 순서로 이루어져 있다는 영속론永屬論을 굳게 믿었다. 다시 말해 죽어도 죽지 않는 미세망념의 세계가 바로 아뢰야식이라는 것이다.

따라서 성철은 미세망념의 세계가 정복되고 난 후에만 비로소 대원의 경지인 진정한 깨침의 세계에 들어설 수 있다는 것을 철저히 확신했다. 그러지 않는 한 미세망념은 늘 살아 숨쉬면서 인간을 윤회하게 한다는 것이다.

이 같은 견해는 영속론자들의 일반적인 주장이다. 또한 아뢰야식을 영혼의 종자로 보는 불교적 개념의 하나이기도 하다. 따라서 몽중일여, 숙면일여는 묘관찰지妙觀察智로 바뀌는 깨침의 세계로 들어가는 수행으로 볼 수 있다. 그리하여 칠식이 완전히 무너지는 멸진정滅盡定으로 나아가 마침내 대원경지에 이르는데 이것이 바로 부처의 세계이다. 즉 대원경지는 단박에 들 수밖에 없는 세계인 것이다. 그러니까 문자 나부랭이에 불과한 돈오점수 사상으로는 이러한 대원의 경지에 가 닿을 수 없다는 것이 성철의 주장이었다. 그리고 이것이 그가 돈오돈수에 더 깊이 빠진 이유였다.

강조하자면, 돈오점수는 달을 가리키는 손가락이지 달 자체는 아니며, 그저 깨침의 방편에 지나지 않는다는 말이다. 선승이 문자를 안다는 것은 토끼를 잡기 위한 덫을 놓는 일과 같고, 토끼를 잡은 후에는 덫을 버리듯 문자를 버려야 한다는 것이 성철의 지론이었다. 아니 성철이 선승으로서 돈오돈수를 주장하는 이유였다.

일타 스님은 단호하게 답했다.

"잠 속의 화두, 그것조차도 없는 세계, 잠도 없고 화두도 없는 세계, 그 세계가 거기 있더구먼요."

성철이 또 아무렇지도 않게 웃다가 짐짓 말머리를 돌렸다.

"차 맛이 참 괜찮네. 신도가 스리랑카에서 사온 기라."

"괜찮구먼요."

일타 스님도 아무 일 없었다는 듯이 그렇게 답했다.

"다선일미茶禪一味라. 차를 마시는 일이 참선을 하는 것과 뭐가 다르겠노."

차 한 모금을 입속에 넣어 굴리는 성철을 바라보면서 일타 스님은 천하에 이런 양반이 있을까 생각했다.

동화사였던가. 요사채에 불이 났었다. 사람들이 "불이야 불이야" 소리치면서 이리 뛰고 저리 뛰었으나 선정에 든 성철은 미동도 하지 않았다. 요사 한 채를 다 태우고서야 불이 잡혔는데 참선을 마치고 나온 성철은 화로를 가져다놓고 채 꺼지지 않은 숯불을 담았다.

"스님, 뭐 하십니까?"

어떤 스님이 그 모습을 보고 어이가 없어 화난 투로 물었다. 그를 한참 쳐다보던 성철이 입을 열었다.

"불이 아까워서 약 다릴라고."

성철은 그렇게 말하고는 아무 일 없었다는 듯이 약을 달였다. 대중은 저마다 구시렁거렸다.

"아무리 참선에 미쳐도 그렇지…."

그러자 성철이 한마디 던졌다.

"그렇게 속 끓인다고 불타버린 요사가 다시 돌아오겠나."

괴각쟁이라는 말을 들을 만했다. 일을 크게 낼 스님이라고도 했다. 불이 나도 모르는 수행, 그래서 성철은 더 유명해졌는지 모른다.

도무지 이해할 수 없는 행동은 그뿐 아니었다. 알면 알수록 점점 미궁 속으로 빠지게 하는 양반이었다.

어느 해던가, 일본 승려들이 소문을 듣고 절로 찾아왔다. 그들은 직접 차를 끓여 대접하면서 일본의 다도茶道를 보여 주겠다고 했다. 성철이 승낙하자 일본 승려들은 차를 만들기 시작했다.

성철이 보기엔 일본 승려들의 차 끓이는 방식이 뭔지 모르게 복잡했다. 무엇보다도 엄숙하고 예스러워 참고 보기 힘들 정도였다.

일본 승려들이 완성된 차를 예를 다해 올리는데 성철이 보니 찻잔이 엄지 마디만 했다. 게다가 찻잔에 겨우 반만큼 담겨 있어 실제로는 한 모금도 되지 않았다.

성철은 일본 승려들이 예의 주시하는 가운데 멀거니 찻잔을 내려다보았다. 그러고는 이내 찻잔을 들어 꿀꺽 마셔 버렸다.

일본 승려들이 놀라서 서로를 쳐다보았다. 천천히 맛을 음미할 줄 알았는데 물을 들이켜듯 한순간에 꿀꺽 차를 삼키는 광경에 당황한 것이다. 조선 제일의 승려 성철에게 다도와 끽다喫茶 정신을 기대했던 일본 승려들은 그길로 실망해서 돌아갔다. 성철은 눈 하나 깜박하지 않았다. 도가 형식에 빠지면 궁색하고 구질구질해진다. 비렁뱅이 옷처럼 너덜너덜해지는 것이다.

이 광경을 곁에서 지켜본 일타 스님은 비로소 성철의 경지를 알것 같았다. 허둥대는 일본 승려들의 행동에 웃음이 나오려 했지만 애써 참았다. 그러고 보면 그의 경지는 참으로 알다가도 모를 일이었다.

"찾아오는 신도들한테 삼천배를 시킨다고 말이 많습디다."

일타 스님이 찻잔을 내려놓으며 말했다.

성철이 웃었다.

"사람들이 말이야, 절을 아주 우습게 안다니까. 부처님을 만나려면 목욕재계는 못할망정…."

"법정이라고 글이나 써서 먹고사는 중이 있는데 그게 굴신운동이 아니냐고…."

"그놈아가 원래 이곳 강원 출신인데 효봉 스님 종자지. 글을 모르는 놈에겐 대장경도 그저 빨래판이라고 하던 놈이다. 그래도 글 하나는 기막히게 쓰데. 얼마 전에 여 왔다 갔다, 선방 하나 내달라고…. 어이가 없어서 먼저 법당에 가서 삼천배를 하라고 했던 기라."

"삼천배는 좀 심하다는 말이…."

"날 만나려면 그래야 할 끼라고 했다. 교만한 자신을 낮추라는 거지 무슨 뜻이 있겠노. 그 정도 하다 보면 마음의 때도 닦이겄지. 그보다 전 동국대 총장 지관智冠의 은사인 자운 스님 말이다. 얼마 전에 와서《범망경梵網經》에 토를 달아달라고 부탁하는 기라. 얼마나 부아가 솟는지 '뭐라 카노. 토를 달아? 엎드려 삼배하고 부탁해도 하까 마까인데 미칬나?' 했드만 콧방귀를 끼고 그냥 가데."

자운 스님은 용성 문중의 사숙뻘이다. 세랍으로도 성철보다 한 살 위라서 성철도 함부로 하지 못했다.

"그 소리 들었구먼요. 그 바람에 화가 나《범망경》을 거의 외우다시피 한답니다."

"그라믄 내가 그의 은인 아니가. 부처가 따로 있나."

"그런데 향곡 스님과는 왜 그랬습니까?"

"향곡이 부산 해운정사 있을 때 데리러 갔는데 서울 올라가자 하니까 싫다 카대. 가만히 눈치를 보니 서울 가봐야 할 일도 없다는 표정인 기라. 그래서 딱 한마디만 했지. 향곡이니, 절의 예쁜 보살 때문에 여 살라 카나? 그랬드만 나를 한대 친 기라."

일타 스님은 성철의 말을 듣고 픽 웃고 말았다. 그는 어쩔 수 없는 선승이었다.

3

1955년 대구 파계사 성전암에서 동안거를 시작하여 1963년 동안거를 마칠 때까지 무려 팔 년간이나 동구불출했던 성철은 청담 스님이 있는 북한산 도선사로 갔다. 철조망을 둘러친 채 바깥세상과 등 돌리고 지낸 세월이 하룻밤처럼 짧게 느껴졌다.

그가 산문 밖으로 나와 도선사에 간 까닭은 정화운동이 막바지로 치달을 무렵 "절집 기왓장을 팔아서라도 승려 교육을 철저히 시켜야 한다"는 성철의 제의를 청담 스님이 받아들였기 때문이었다. 도선사가 한국에서 제일가는 승려 교육 도량이 될 수 있도록 도움을 요청하는 청담 스님의 간곡한 발원을 도저히 뿌리칠 수가 없었던 것이다.

성철이 성전암을 떠난 이유는 그뿐 아니다. 당시 한송 노스님이 정화운동을 계기로 파계사를 수행 도량으로 중흥시키기 위해 선원으로 만들려고 했다. 이 과정에서 성철을 대하는 파계사 스님들의 시선이 곱지 않았다. 성철이 성전암에 들어앉아 큰절 파계사를 차지하려 한다는 소문을 누군가 퍼뜨렸기 때문이다.

"큰스님, 이대로 두고 봐서는 안 됩니다."

제자들의 주장에 한송 스님은 걱정스러운 기색이었다.

"그럼 성철에게 성전암을 비우라고 해야 하지 않느냐?"

"성철 스님이 온 지 벌써 몇 해째입니까?"

"그렇다고 어찌 비우라고 하겠느냐?"

"그렇긴 하지만 파계사에도 변화의 바람이 불고 있습니다. 이대로는 절대로 안 됩니다. 수행 도량으로 거듭나지 않고선 결국엔 우리 절도 폐사가 되고 말 것입니다."

그 후 성철이 파계사를 차지하려고 한다는 유언비어는 더욱 기승을 부렸다. 소문은 풍선처럼 마냥 부풀었다.

"그동안 성철 스님이 신도들로부터 끌어모은 돈으로 사모은 금은보화가 성전암에 가득하단다."

"아이고, 중놈이 우릴 속인 거 아니가?"

"그러잖아도 유난스럽더니만 두 얼굴이다, 이 말이제."

성전암에 금은보화가 많다는 말 때문에 도둑이 들었다는 소문이 났다. 성철은 그 소식을 듣고 말문이 막혀 그저 웃기만 했다.

"이 가난한 부처의 절에 가져갈 게 무에 있다고…."

성철은 그길로 미련 없이 성전암을 비웠다. 그러나 세상인심이 으레 그러하듯이 누구 하나 오라는 사람이 없었다.

"아아, 이 한 몸 갈 데가 없구나."

그 당시 부산 동아대 총장이 성철에게 청했다.

"다대포에서 잠시 쉬었다 가시지요."

성철은 동아대 총장의 간곡한 청을 거절하지 못하고 다대포에 있는 그의 별장에서 며칠 머물다가 여수 흥국사 정수암으로 갔다.

그곳에서 승려 교육을 맡아달라는 청담 스님의 제의를 받아들여 풍년호 열차를 타고 서울에 도착, 도반 향곡 스님과 함께 도선사로 갔던 것이다.

청담 스님이 버선발로 뛰어나왔다.

"고생했네."

성철의 눈시울이 붉어졌다.

"중 팔자가 그렇지."

"안으로 들게."

"전에 왔을 때하고는 절이 많이 달라졌네."

예전의 도선사는 기복신앙의 본거지 같아서 징소리, 목탁 소리, 염불 소리가 끊이질 않았었다. 그때 성철은 청담 스님에게 퉁명스럽게 말했다.

"이게 무당 절이 아니고 뭔가."

그 말에 청담 스님이 낭패한 표정을 지을 수밖에 없었던 시절이다.

두 도반은 다담을 나누며 그간의 아쉬움을 풀었다.

성철이 한마디했다.

"서울 생활 좋네. 중놈이 이리 편해도 되나. 죽으면 무간 지옥행이다."

청담 스님이 입을 삐죽거렸다.

"자네, 그토록 몰아쳤으면 이젠 좀 쉬게."

"나는 싸워본 적 없다. 나날이 휴식이었지."

"싸움이 끝난 게 아니야. 이 도선사를 한국 제일의 수행도량으로 만들어야 안 되겠나?"

"맞다."

"그렇다고 한국 불교에 무속의 기운이 다 빠진 것은 아니야. 자네의 도움이 절실히 필요해. 이제 절을 정법 가람으로 변모시키는 일부터 시작하세."

가만히 생각하던 성철이 말했다.

"그러게 말일세. 절들을 둘러보니 아직도 기복신앙의 흔적이 남았더만. 삼보三寶를 팔아서 장사하는 행위부터 근절시켜야 한다. 이게 불교를 망하게 하는 짓 아니가. 이젠 우리가 모범을 보여야 해. 보현행원普賢行願을 실천하고 참회 정진하세. 그것이 복혜福慧를 쌍수雙修하는 바른길이지."

가만히 듣고 있던 향곡이 거들었다.

"도선사가 한국 제일의 승려 교육 도량이 되려면 수행 정진의 논리부터 정립해야겠군."

그날 밤 성철, 청담, 향곡은 인재를 키울 학원부터 설립하자고 뜻을 모았다. 명칭은 '실달학원悉達學院'이었다. 그러기에 앞서 수행 요강부터 마련해야 한다는 생각에 셋은 밤을 하얗게 새웠다.

이 소식은 자연스레 한국대학생불교연합회인 대불련에 전해졌다. 그들은 오래전부터 성철의 움직임을 예의 주시하면서 기다리고 있었다. 성철과 청담 스님이 앞장서서 도선사에 실달학원을 설립하자 대불련 구도부원求道部員들이 열화같이 환영했다.

그럴 수밖에 없었다. 파계사 성전암에서 수행할 때는 감히 뵐 수 없었던 성철을 이제는 가까이에서 뵙게 된 것이다. 얼마나 기다렸던가. 그들은 일요일마다 도선사 참회 도량에 모여 수행하고 있었다. 때론 청담 스님의 법문을 들었고, 큰법당 뒷산에 모여《보현행원품普賢行願品》을 독송했다. 불교 수행에 대해 토론하기도 했다.

어느 날, 대불련 구도부원 열다섯 명이 초롱초롱한 눈빛으로 도선사 숲속에서 성철을 친견했다. 그때 함께 자리한 향곡 스님이 학생들에게 불교 수행에 관해 마음껏 질문해 보라고 했다.

그러자 한 학생이 성철에게 선문답에 가까운 질문을 던졌다. 그는 자신이 앉았던 자리의 돌덩이를 곁으로 옮겨놓고 이렇게 물었다.

"스님, 방금 제가 돌멩이를 원래 있던 자리에서 다른 곳으로 옮겨놓았는데 이것은 옮긴 것입니까, 옮기지 않은 것입니까?"

성철이 질문한 학생을 바라보다가 문득 대답했다.

"니 꿈꾸나? 꿈 깨라."

학생이 물러나지 않고 다시 물었다.

"큰스님, 저기 사람이 지나갑니다. 그는 불한당입니다. 갑자기 지나가는 사람을 칼로 찔러 죽입니다. 그러면 악한 일입니까, 아닙니까?"

"니 아직도 꿈꾸나? 꿈 깨라."

성철의 대답은 한결같았다.

학생이 알아듣지 못하고 고개를 갸웃하자 향곡 스님이 옆에 있다가 덧붙였다.

"공부하다 보면 자연히 알게 될 것이야."

4

도선사가 어느 정도 정화되자 자운 스님이 성철을 해인

사 백련암으로 이끌었다. 그는 백련암에 주석하며 새벽이면 장군죽비를 메고는 게으른 수좌들에게 매질을 해댔다.

"이 밥도둑놈들아, 아직도 처자빠져 자고 있느냐."

1956년 해인사 주지로 추대되었을 때 성철은 이를 고사하며 자운 스님을 추천하고 정작 자신은 성전암으로 들어갔다. 하지만 1967년 자운 스님의 청을 끝내 거절하지 못하고 해인총림의 초대 방장을 맡았다.

인간의 욕심은 출세간이라고 해서 다를 리 없다. 출가하면 오욕칠정이 끊어진다고 하지만 그것은 도를 깨친 이후의 일이다. 세간이나 출세간이나 자리를 놓고 다투는 게 세상사다. 인물은 인물을 알아본다고 했던가. 그동안 해인사 주지를 맡으며 많은 일을 한 자운 스님이 이제는 성철을 해인총림의 제일 큰어른으로 모신 것이다.

그해 겨울, 성철은 해인사 대적광전에서 사부대중을 위해 하루 두 시간씩 백 일 동안 법석을 열었다. 그것이 바로 그 유명한 '백일법문'이다.

성철은 법석에서 한국 불교의 치명적 약점을 신랄하게 지적했다. 그동안 중국을 통해 한국에 전해진 모든 대승 경전이 사실은 부처님의 직언이 아니라는 실로 엄청난 발언을 한 것이다. 다시 말해 한자를 한글로 번역하는 과정에서 많은 오역이 발생했다는 주장이었다. 파장은 엄청났다. 그의 설법 자체가 한국 불교의 근간을 흔드는 일이었으니 그럴 수밖에 없었다.

“부처님께서 친히 하신 말씀의 기록이 아니라 열반하신 지 오륙백 년 뒤에 성립된 경전을 인용한 것을 두고 ‘부처님 말씀’이라고 하면 과연 누가 믿겠는가. 이러한 견해를 가지고 있는 이들이 ‘대승 경전은 부처님이 친히 설하신 경전이 아니다’라고 주장하여 불교계가 크게 당황하고 있으니 이를 대승비불설大乘非佛說이라고 한다. 그 주장에 대해 일련의 학자들이 연구를 거듭한 결과, 대승 경전은 부처님이 친히 설하신 경전이 아니라고 확증하게 되었다.”

성철의 주장은 한국 불교의 정통성을 부정하는 것이기도 해서 세간에선 엄청난 말들이 오고갔다. 이는 그동안 선지자들이 우매한 중생들에게 “부처님 말씀이…” 하고 거짓말을 일삼았다는 의미였기에 결코 예사로운 주장이 아니었다. 또한 잘못 해석하면 한국 불교와 관련해 선승의 편가르기식 발언일 수도 있기에 문제가 커질 여지가 있었다. 어쨌든 그날 성철은 한국 불교사에서 매우 중요한 발언을 내뱉었던 것이 분명하다.

성철은 이렇게 덧붙였다.

"그러나 대승 경전이 부처님의 직설은 아니어도 그 속에 부처님의 중도 사상이 담겼으므로 불설佛說이라 할 수 있다. 또한 그 사실이 확인되었으므로 우리는 대승 경전이 불설이 아니라는 의심에서 벗어날 수가 있다."

참으로 무서운 말이었다. 중도가 무엇인가? 이 문제만큼 불교에서 중요한 것도 없다. 불교의 핵심이 바로 중도 아닌가. 어떻게 중도 사상을 모르고 불교를 논할 수 있는가. 우리 곁에 가장 가까이 있으면서도 가장 모르고 있는 말이 바로 부처님의 중도 사상이다.

성철의 주장은 중국에서 전해진 대승 경전이 한국에서 오역된 것을 부정하지는 않지만, 그 속에는 부처님의 중도 사상이 담겼기에 대승 경전이 불설이 아니라는 의심에서 벗어날 수 있다는 뜻이다. 이를 잘못 알아들으면 지금까지 그러한 사실조차 모르고 경전이 가르치는 대로 거짓말만 해온 선지자들을 비난하는 발언으로 들리기도 한다.

그의 수행 요체가 드러나는 순간이었다. 사람들은 그런 발언을 한 성철을 손가락질했다.

"그러니까 지금까지 선지자들이 무식하게 엉터리 경전을 우리에게 들려주었다는 말인가? 그런데 중도라서 괜찮다고? 기가 막히네."

"빠져나갈 구멍이 있다는 거지?"

그동안 대중들은 성철의 주장에 많은 궁금점을 가지고 있었다. 그러던 중 한 스님이 성철에게 반론을 제기했다.

"그렇다면 스님이 출가해서 지금까지 깨달은 것이 도대체 뭡니까?"

성철은 고개를 내젓고 한마디도 하지 않은 채 침묵했다. 아니 대답할 가치를 느끼지 못했다. 깨달음의 요체는 바로 성철 자신이었기 때문이다. 그렇기에 이것을 어떻게 설명하여 대중을 이해시키겠는가? 아니, 깨달음을 표현하게 되면 그 자체가 바로 거짓이 되어버린다. 진리는 말로 표현할 수 없다.

그러므로 성철은 진리의 요체를 숨긴 채 그저 입을 닫고 있을 수밖에 없었다. 이런 성철에 대해 뜻 없는 이들은 거만하다고 했고, 뜻 있는 이들은 괴각쟁이가 제법이라고 했다. 바로 거기에 중도가 있었다. 그래서 자운 스님이 그를 해인사로 끌고 온 것 아닌가. 중도 사상은 성철이 평생 갈구한 것이기도 했다. 그의 법문 내용이 바로 중도였다. 이것은 그의 전부이자 하나의 세계였다.

그날 성철은 대중들에게 이렇게 말했다.

"내가 왜 산에 올라왔느냐고? 오늘 똑바로 말하겠네. 그

건 내가 중도의 진정한 의미를 몰랐기 때문이야. 세간에서 중도를 두고 이것도 아니요, 저것도 아닌 것을 말한다고 하면 당장 비웃고 말지. 그런데 중도의 중은 가운데 중中 자가 아니야. 물론 '이거면 이거고 저거면 저거지 무슨 말이 그리 많은가?'라고 할지도 모르지. 그래서 중도는 심오하다 이거야. 요즘 보면 수행한다고 으스대면서도 중도의 진정한 뜻을 모르는 이가 태반이야."

성철이 침을 삼키는 사이 사람들의 얼굴에 호기심이 가득했다. 노상 쓰는 사투리조차 내뱉지 않는 그가 너무도 진지해 보였다.

"몸을 혹사하는데 그래서야 어떻게 성도할 수 있겠는가."

그때 한 학인이 입을 삐죽이며 소리쳤다.

"스님께서는 무려 십여 년을 장좌불와하시지 않았습니까? 그것은 육체의 학대가 아니고 사랑이었습니까?"

조롱기가 느껴지는 발언이었다. 성철이 "하하하" 웃음을 터트렸다.

"모르면 주댕이 다물어라 고마. 야이 쎄 빠질 놈아, 그래서 니가 아직도 견성을 못하고 쩔쩔매는 기다."

학인은 끽소리 못하고 고개를 푹 숙였다.

"나는 막연한 육체의 학대를 말하는 기다. 아버지와 어머니가 그 짓 해서 낳은 옥체를 누가 학대하라 캤노. 유가에서는 머리카락 한 올도 부모님께서 주신 것이니 소중히 해야 한다는데 그럴 리가 있나.

내 말인즉, 고행은 하되 그 고행을 의식하지 않는 고행을 하라는 기다. 그럼 고행이 아니라 수행이 된다. 나는 한 번도 참선하는 걸 고통스러워한 적이 없다. 와? 싸우지 않았거든. 무쟁 삼매에 들어서봐라. 기가 막힌다. 무시이래無始以來 시간과 공간이 그대로 극락인 기라.

여서 부처님 이야기를 안 할 수가 없네. 부처님도 출가해서 수행할 때 처음에는 참 고통스러웠지. 무려 오 년간이나 말이다. 선정 그 자체가 고통이었던 기라. 그런데 오 년이 지났는데 이기 뭐꼬? 남는 게 하나도 없는 기라. 자신을 돌아보고 이런 상거지가 어디 있나 했을 끼다. 몸은 가죽만 남았고 머리를 만져보니 새가 똥을 싸 엉클어졌는데 도대체 사람의 형색이 아니라고 생각했지. 지금껏 내가 뭐 했노? 육체만 괴롭혔지 아무것도 얻은 게 없다 아니가. 그래서 치아뿌고 그 자리에서 일어나 강가로 내려간 기라. 우선 좀 씻고 보자. 머리를 감고 몸을 씻고 나니 한결 개운했지.

그때 수자타란 처자가 양젖을 짜고 있었는데 수행승이 몹시 허기져 보이거든. 그래서 양젖을 짜 부처님께 올리면서 '수행승이여, 저를 가엾게 여기시어 이 양젖을 받아주소서'라고 했는 기라. 부처님은 고맙다며 그 젖을 받아 마셨지. 순간 부처님 앞에서 세상이 환해졌던 기라. '이것이로구나. 바로 이것이야. 그동안 내가 편협한 인간이었다. 터무니없는 것에 사로잡혀 있었다.'

자신의 수행이 한쪽으로 너무 치우쳐 있었다는 걸 그제야 알게 된 기라. 결국 수행이란 조화라 생각하고 다시 보리수나무 아래 그대로 좌선삼매에 들었지. 그때부터 부처님은 자신의 몸과 싸우지 않았어. 이것이 바로 심신일여心身一如인 기라.

이제 이 말이 뭔 뜻인지 알겠제? 몸과 마음이 하나가 되어야 하는 기라. 맞다. 부처님은 그동안 이것을 알기 위해 수업을 한 거제. 그리하여 몸속의 기氣가 자연스럽게 전신을 돌다가 정수리에 모이면서 엄청난 힘을 발휘했던 기라. 이게 세속인과 수도자가 다른 점이다. 사람이 모든 기를 밑으로 쏟으면 뭐가 나오노? 생명이다. 자식이 태어난다 그 말이다. 그런데 기를 머리 위로 올려봐라. 뭐가 태어나겠노? 깨침이다, 그 말이다.

그라믄 우리는 어디에 서 있어야 되겠노? 수행승이 기를 아래로 쏟아야 되나? 세속인이 기를 위로 쏟아야 되나? 그라믄 우째 되겠노? 세속인이 기를 위로 올리믄 세상이 망할 기다. 수행승이 기를 아래로 쏟으믄 절간이 살림집이 될 기다. 그라믄 중도가 뭐꼬?"

그제야 성철의 설법을 알아들은 대중이 웅성거렸다.

"그래서 부처님께서는 이래 말했제. 진짜로 성도할라 카믄 고苦와 낙樂을 모두 버리라고. 진정으로 이 두 가지를 다 버려야만 비로소 중도의 이치를 깨칠 수 있다고 하셨던 기라. 이기 바로 부처님의 중도 대선언이다. 그런데 가만 생각해보믄 이거는 둘 다 모순인 기라. 상대모순이 바로 이거지.

남쪽이 있으믄 북쪽이 있듯, 남자가 있으믄 여자가 있고, 즐거움이 있으믄 괴로움이 있는 기라. 즉 상대모순의 상극이 바로 이거다. 그런데 이 둘은 늘 싸우고 대립하는 기라. 이곳에 해탈이 있겄나? 천만의 말씀이지. 이에 대해 백장白仗 스님이 뭐라 캤노? '있음과 없음에 떨어지지 않으니 감히 누가 화답하겠노' 하셨다 아니가. 또한 그 유명한 마조馬祖 스님의 제자 대주大珠 스님은 뭐라 카셨는지 아나? '양쪽 다 없는데 가운데가 어딨노' 하셨던 기라. 그래서 얻어진 게 바로 중도인 기라. 그래 보믄 중도가 중간이 아닌 거는 맞제?

그래도 이해하기가 어려우믄 이래 생각해보면 좀 쉬울 기다. 다들 부처님의 연기설은 알고 있제? 연기緣起가 뭐꼬?

그냥 굴뚝에서 나오는 연기가? 이것이 있으므로 저것이 있고, 저것이 있으므로 이것이 있다, 그 말 아니가. 원인 인因과 맺을 연緣 말이다. 그 인과 연에 의해 뭐가 생겨나노?"

"법法입니다."

아는 체하기 좋아하는 학인 하나가 재빨리 대답했다. 성철이 웃었다.

"참 영리하네. 약삭빠르기도 하고. 그람 한 번 더 대답해 봐라. 법을 다른 말로 바꾸면 뭐꼬?"

"부처님 말씀입니더."

"이리 온나."

학인이 칭찬받을 줄 알고 들뜬 표정으로 법상 곁에 다가가자 성철이 주장자로 머리를 콩 때렸다.

"니 일마 아는 거 많아 고생깨나 하겄다."

"예?"

"드가라 마."

그가 제자리로 돌아간 후 성철은 대중을 쭉 살피고는 말을 이었다.

"법은 딴 기 아니다. 바로 우리의 존재다."

존재? 대중이 입속으로 뇌까렸다.

"맞다, 존재다. 부처님은 이 존재를 어떻게 보았노?"

모두 찍소리도 못 하고 서로의 얼굴만 쳐다봤다. 성철이 좀 전에 대답했던 학인에게 말했다.

"니 한 번 더 대답해봐라."

학인이 잠시 생각하더니 대답했다.

"무無입니더."

"자식, 제법이네. 맞다. 부처님은 존재를 공空하다고 했다. 와 공이라고 하싰겠노? 여러 인과 연이 화합하면 비로소 사물이 생겨난다. 그러니까 사물은 여러 인과 연에 귀속되는 것인 기라. 그런데 사물 자체에는 고정된 성품이 없다. 성품이 뭐꼬? 바로 자성自性이다. 이 자성이 없기 때문에 공이다, 그 말이다. 그런데 문제는 이 공함도 다시 공하다 하믄 우째 되겄노?"

"스님, 어떻게 공함이 다시 공할 수 있습니까?"

좀 전의 학인이 용기를 내어 또박또박 물었다.

"니 부처님의 교설이 방편교설이었다는 말 들어봤나?"

"예."

"바로 그기다. 부처님께서 사물이 공하다고 한 것은 단지 중생을 바른길로 인도하기 위해서 한 말씀인 기라."

"그럼 가명假名으로 공하다고 했단 말입니까?"

누군가가 물었다. 성철이 고개를 끄덕거렸다.

"잘 생각해봐라. 여기 사물이 있다. 현자賢者는 방편으로 사물이 공하다고 말했다. 그럼 방편은 어떤 것인가? 그것 역시 공하다. 그럼 어떻게 되나? 사물이 공하다고 말하는 방편과 공함도 공하다고 말하는 방편은? 이기 중도인 기라. 바로 있음과 없음의 양극단을 벗어나니까 말이다. 알것나?"

대다수 대중이 어렵다는 표정이었지만 간혹 고개를 끄덕이는 이들도 있었다.

성철은 대중에게 더 자세히 설법해야 한다고 생각하면서도 더는 입을 열지 않았다. 깊이 있게 말해봤자 이해할 수도 없을 터였다. 사실 중도는 설법으로 이해할 수 있는 게 아니라 치열한 수행으로 자성을 바로 볼 때 비로소 구해지기 때문이다. 이것은 부처님 전에도 없었고 부처님 후에도 없었으므로 결단코 만만한 법이 아니다. 부처님도 이러한 중도의 진리를 깨치는 데 생애를 바쳤다.

일찍이 중국에서는 중도가 곧 '중용中庸'이라고 했지만 턱도 없는 소리였다. 중용은 과하거나 부족함 없이 떳떳하고 한쪽으로 치우침이 없는 상태나 정도를 말한다. 이를 중도와 비교하는 건 실로 어림없는 생각이다.

부처님의 중도 사상은 상대의 모순점을 꿰뚫어보는 세계를 가리킨다. 상대의 모순점을 살펴보면 양극이 꽉 막혀 있다. 그 막힘 속에서도 지혜로 양극의 봉합점을 찾아서 대승적 진리와 융합한 것이 중도이다.

부처님은 성도하신 뒤 다섯 비구에게 처음 설법을 하셨다. 이를 일컬어 초전법륜初轉法輪이라고 한다. 성철은 적어도 불자라면 초전법륜의 내용 정도는 알고 있어야 한다고 생각했다. 하긴 평생 산속에서 수행만 한 승은 모를 수도 있다. 하지만 성철은 이를 알기 위해 절로 왔고 치열하게 참구했다. 또한 수행을 통해 증득한 깨침은 오로지 중생제도를 위한 가르침이 되어야 한다고 늘 노심초사하지 않았던가. 성철은 문득 하늘을 쳐다보면서 중얼거렸다.

"하늘이 맑기도 하다. 우째 저래 구름 한 점 없노."

그 후 성철은 백일법문을 통해 불교 교리를 정리하고 조계종의 법맥을 바로잡기 위해 노력했다. 뿐만 아니라 불교의 핵심은 선교를 통한 중도에 있음을 강조한 뒤 선종을 표방하는 조계종단의 종지宗旨는 돈오돈수에 있다고 천명했다. 이어서 조계종의 종조에 대해 처음으로 문제를 제기했다. 예전부터 종조로 모신 보조 스님을 전면 부인하고 나선 것이다. 그는 조계종은 조계혜능曹溪慧能 스님을 원조로 한, 임제종의 법통을 이은 선종이라고 아예 못을 박고 종조는 태고보우太古普愚 국사라고 했다.

대승의 길

1

성철이 해인사로 온 지도 십여 년이 흘렀다. 5·16을 통해 정권을 잡은 군부의 횡포가 극에 달해 거의 매일 학생들과 군부가 충돌했다. 세상은 온통 매캐한 최루탄에 갇혀버렸다.

1977년 겨울, 성철은 평소대로 일주문 아래 있는 운양대를 향해 걷고 있었다. 전날 내린 폭설로 나무에 새하얀 눈송이가 축복하듯 내려앉아 꽃을 피웠다. 이처럼 자연은 봄 여름 가을 겨울에 맞춰 자기 식대로 자비로운 자태를 보여준다. 이것이 대자연의 이치이다.

'이리도 아름다운 세상을 누가 허망하다 했던가.'

그런데 걷다 보니 이상한 느낌이 들었다. 폭설이 온 다음

날에는 반드시 젊은 승들이 백련암 산길에 쌓인 눈을 치우는데 그날따라 한 사람도 눈에 띄지 않았다.

"큰스님!"

운양대를 지날 때쯤 누군가가 다급하게 부르는 소리가 들렸다. 성철은 갑작스러운 부름에 걸음을 멈추고 뒤를 돌아보았다. 시자가 눈길을 숨가쁘게 달려왔다.

"그러다가 자빠질라, 와 그라노?"

"큰절에서 누가 찾아왔습니다."

"누군데?"

"대통령의 장모라고 합니다."

"대통령의 장모?"

순간 박정희 대통령의 얼굴이 눈앞을 스치고 지나갔다.

"대통령 장모가 여기는 와?"

"큰절까지는 모시고 왔는데 백련암까지는 무리라…."

"무슨 소리고? 가보자."

큰절에 가니 낯선 노파를 모셔온 일행이 대적광전에서 절을 올리고 있었다. 대통령이라는 말을 들어서인지 평범해 보이지는 않았다. 잠시 후 시자가 와서 말했다.

"대적광전에서 부처님께 인사드리고 팔만대장경을 보러 간다고 합니다."

대통령의 아내 육영수 여사가 불교 신자인 것은 세상 사람이 다 아는 사실이다. 그의 어미도 불자였던가?

성철은 발길을 돌려 백련암으로 올라왔다. 노모를 모시고 눈 쌓인 산길을 걷지는 못할 터였다.

예상과는 달리 일행은 대통령의 장모를 큰절에 남겨두고 기어이 백련암까지 찾아왔다. 성철을 큰절까지 모시고 가서 만나게 할 심산이었다. 그러나 성철은 단호히 거절했다. 그들도 끝까지 물러나지 않았다.

시자가 방문 밖에서 다시 아뢰었다.

"큰스님을 꼭 뵈었으면 한다고…."

성철은 고개를 내저었다.

"고생스럽게 이곳까지 왔는데 어찌…?"

자신을 만나지 못해 환장하는 사람들이 부지기수다. 하지만 그 장모가 누군가. 사위가 나라를 움켜쥐고 있는 절대 권력자다. 무서울 게 없다. 그래도 성찰은 눈썹 하나 까딱하지 않았다. 지위 고하를 막론하고 자신을 만나려면 무조건 부처님께 삼천배를 해야 한다고 못박아두었고, 그 사실은 이미 세간에 널리 알려져 있었다. 이것은 자신과의 약속이자 우주 만물과의 약속이었다. 그러니 삼천배도 하지 않은 대통령의 장모가 더구나 성철을 큰절로 부르는 건 용납할 수 없었다. 그들의 요구를 받아들인다면 자신과의 굳은 약속을 스스로 허무는 것이었다.

"그냥 돌아가시라고 해라."

"무릎 관절염 때문에 힘드니 큰절로 내려와서 만나달라고 합니다."

"그건 내 알 바 아니다."

일행은 서운함을 안고 결국 큰절로 내려가서 대통령의 장모에게 말했다.

"만나지 않으시겠답니다."

장모도 보통 사람이 아니었다.

"그럼 올라가자."

"아니 어쩌시려고?"

"가다가 꼬꾸라지면 죽기밖에 더할까."

사람들은 급기야 가마를 만들어 장모를 태워 갈까 궁리했다.

보다 못한 큰절 스님들이 백련암으로 몰려왔다.

"웬만하면 만나보시지요. 대통령의 장모라면…."

성철은 고리눈을 치뜨고 스님들을 노려봤다.

"그래서 뭐? 대통령의 장모가 어쨌다고?"

스님들은 할말을 잃고 고개를 숙였다.

"그냥 돌아가시라고 해라."

"가마에 태워 모셔오겠답니다."

"뭐라고? 이것들이 미쳤나."

"어떡할까요?"

"가서 분명히 전해라. 그렇게 해서 와도 절대 만나지 않겠다고."

스님들이 내려가 성철의 뜻을 전했다. 장모는 한숨을 푹 내쉬었다.

"이곳까지 왔는데 좀 만나주시지…."

"고집을 꺾을 분이 아닙니다."

큰절의 주지가 거들었다.

"아이고…."

대통령의 장모는 쓸쓸하게 해인사를 내려갔다.

최고 권력자의 위세가 하늘을 찌르던 시절이었다. 그 후로도 성철은 그 어떤 권력자도 만나지 않았다.

1976년에는 박정희 대통령이 구마고속도로 건설 현장을 시찰하러 구미에 왔다가 성철을 만나기 위해 백련암을 찾았다. 성철은 고개를 내저으며 산승이 최고 권력자를 만날 이유가 없다는 뜻을 분명히 전했다.

그는 대통령의 비서에게 말했다.

"출가한 승은 부모와 국왕을 예하지 않는 법이다. 일체 공경을 받아도 뭐한데 대통령이 뭐꼬. 내가 나서면 경구죄輕垢罪를 짓는 것인 줄 모르나."

결국 박정희 대통령도 발걸음을 돌리고 말았다. 그 후에도 비서를 보내 국가재건운동에 참여해달라고 청했으나 산승은 산속에서 수행만 하는 것이 도리라며 응하지 않았다. 박 대통령은 물러서지 않고 이번에는 국정 자문을 맡아달라고 했다. 그러나 성철의 고집도 대단해서 대통령의 요구를 거절했다. 박 대통령은 자신의 얼굴을 봐서 제발 국정 자문을 거절하지 말라고 또다시 간곡하게 청했다. 그러나 산승은 산을 지키는 게 도리라며 성철은 끝까지 응하지 않았다.

그리고 1979년 10월 26일, 세상이 뒤집어졌다. 박정희 대통령이 김재규의 총에 맞아서 죽은 것이다. 이듬해 5·17 쿠데타를 일으키고 정권을 잡은 전두환 대통령도 성철을 만나려고 했으나 이번에도 산문을 걸어 잠그고 만나주지 않았다. 그러자 전두환 대통령은 그를 강제로 국정 자문위원으로 위촉했다.

성철은 버럭 화를 냈다.

"내가 언제 국정 자문위원을 한다 캤노!"

여러 차례 사람을 보내도 소용이 없자 비서실장을 보내

기까지 했는데 성철의 답은 오직 한 가지, 거절뿐이었다.

"중이 밥그릇을 놓고 싸우는 세상이다. 세상의 목탁이 되어야 할 그들이 밥그릇을 놓고 싸우면서 세상이 썩었다고 한다. 자기 죄를 참회할 줄 모른다. 그것도 모자라 수행자가 권력자와 야합하여 자리를 만들고 재산을 불리는 일에 혈안이 돼 있다. 산승이 정치와 결탁하면 그것으로 끝이다. 산승은 오직 산승다워야 한다. 수행자가 정치가와 결탁하면 세상이 어지러워진다. 수행자라면 마땅히 본연의 길을 가야 한다. 수행자가 권력 주위를 맴돈다면 한갓 똥개와 다를 바 없다. 똥이 무엇인가? 찌꺼기다. 이런 자들은 자신의 목적을 이루기 위해 잘되면 자기 덕이라 하고 못되면 꼭 남탓이나 한다."

2

1981년, 성철은 조계종 종정이 되었으나 백련암에 칩거하면서 얼굴을 보이지 않았다. 자신의 법명을 빌려주어 불교가 중흥한다면 종정 추대에 응하겠다면서도 막상 제7대 종정 취임식 때는 달랑 이런 법어만 보냈다.

원각圓覺이 보조普照하니

적과 멸이 둘이 아니라

보이는 만물은 관음이요

들리는 소리는 묘음이로다

보고 듣는 이 밖에 진리가 따로 없으니

아아 시회時會 대중은 알겠는가

산은 산이요 물은 물이로다

"산은 산이요 물은 물"이라는 이 법구가 순식간에 세인들 마음을 뒤흔들었다. 쿠데타로 권력을 장악한 전두환이 불교계를 탄압하던 시절이었기에 성철의 법어는 그야말로 충격적이었다.

그가 종정이 되기 한 해 전인 1980년 10월 27일에는 이 나라 불교계에서 가장 치욕스러운 법난法難이 일어났다. 총칼로 무장한 이천여 명의 군인들이 정화라는 명목하에 군홧발로 부처님이 계신 법당에 난입했다.

당시 조계종 총무원장 월주月珠 스님은 서빙고 지하실에 끌려가서 고문을 받고 총무원장직을 내놓아야 했다. 빨갱이를 가려낸다며 스님들을 끌고 갔는데 그 수만 해도 무려 1,776명이었다. 부처님의 제자인 스님들이 법복 대신 죄수복을 걸친 채 몽둥이질은 물론 물고문과 전기고문을 당했고, 더러는 삼청교육대로 끌려가서 온갖 수모를 겪었다. 군부는 스님들을 중생을 제도하는 수행자가 아니라 빨갱이와 깡패 집단으로 보면서 있지도 않은 죄를 뒤집어씌우는 만행을 저질렀다.

"이대로 보고만 계실 겁니까?"

군부의 무자비한 탄압과 억압이 계속되자 제자들이 종정인 성철에게 물었다.

"우리 국민들은 지금 종정 큰스님께서 민주화의 물꼬를 틀 수 있는 시국선언을 해주시길 바라고 있습니다. 날로 암울해지는 나라를 그냥 보고만 계실 겁니까?"

"어흠!"

성철은 헛기침만 할 뿐 말이 없었다.

"김수환 추기경께서는 뭐 하시나?"

"그분도 아직 아무런 말씀이 없습니다."

성철이 골똘하게 생각하다가 말문을 열었다.

"나는 산승이다. 산에서 풀 뜯어 먹고 사는 산승이 정치에 대해 뭘 안다고…. 인마들아, 내가 정치인이가? 정치와 종교가 붙으면 우째 되는지 아나? 그 나라 망한다. 정치가 곤란에 빠지면 종교인들을 끌어들이기 마련이고, 종교가 부패하면 정치의 하수인이 된다. 그런데 무슨 말이 많노. 정

그렇담 조금만 더 기다려보라고 해라. 모든 일에는 다 때가 있는 법이다."

제자들은 왜 성철이 아무 말도 하지 않고 자꾸만 때를 기다리라고 하는지 도무지 알 수가 없었다. 그의 본심은 국회 정각회 의원들의 신년 하례식 때 드러났다.

"내 제자들이 나보고 자꾸 민주화 장사를 하랍니다."

장내에 소리 없는 웃음이 번졌다.

"하지만 여기 계신 우리 국회의원님들이 민주화 장사를 하도 잘해서…."

훈훈하던 장내가 갑자기 차디차게 얼어붙었다.

"그런데 나까지 민주화를 팔아먹으면 어찌되겠습니까. 여기 계신 분들은 대체 뭘 하라고…."

제자들은 그제야 수행자의 본분을 지키려고 했던 스승의 마음을 이해했다. 성철의 말은 불교를 민주화에 이용하는 일만은 절대로 하지 않겠다는 선언이었다.

세상은 청아한 목탁 소리 같은 성철의 법어를 열망했다. 그러던 어느 날 성철은 벼락처럼 법어를 뱉어냈다. 그런데 어지러운 세상을 다독이는 종정의 법어가 어려운 한자로 돼 있었다.

"큰스님, 좀 쉽게 주시면 좋겠습니다."

제자들이 청했다.

"한글로 쓰자고?"

"그래야 이 어지러운 시대를 견디고 있는 국민들에게 위로가 되지 않겠습니까?"

"옳다."

대답은 그렇게 했지만 한글 법어는 좀체 나오지 않았다. 성철에게는 한글 법어 쓰는 일이 보통 어려운 게 아니었다.

"큰스님 법문 중에서 발췌하여 내시지요."

"그래, 그라믄 되겠다."

성철은 법어를 써놓고 그 의미를 적은 긴 법문을 제자들에게 전달했다. 제자들은 종정 성철의 법어와 깊은 뜻이 담긴 긴 법문을 세상에 전했다.

> 어떤 도적놈이 나의 가사 장삼을 빌려 입고
>
> 부처님을 팔아 자꾸 죄만 짓는가.
>
> 云何賊人 假我衣服
>
> 裨販如來 造種種業

"부처님께서는 머리털을 깎고 가사 장삼을 빌려 입고 승려의 탈을 쓴 뒤 부처님을 팔아서 먹고사는 사람들을 가리켜 도적놈이라고 하셨습니다. 즉 가사 장삼 입고 도를 닦아서 깨친 것을 중생을 제도하는 데 쓰지 않고 오히려 부처님을 팔아서 자신의 생활 도구 삼아 먹고사는 이가 많습니다. 이런 승려는 부처님의 제자도 아니요, 수행자도 아니요, 다 도적놈이라고《능엄경楞嚴經》에 나와 있습니다.

우리가 승려로서 절에서 수행하면서 부처님의 가르침을 그대로 실행하기는 매우 어려운 일이지만 그래도 가까이는 가봐야 한다고 생각합니다. 설사 가르침을 다 실행하지 못한다고 하더라도 적어도 부처님이 하신 말씀을 실천하기는커녕 역행하여 정반대 쪽으로는 가지 말아야 합니다. 나는 제자들에게 이런 법문을 자주 합니다.

사람 몸 받기는 어렵고
불법 만나기는 더욱 어렵다
人身難得 佛法難逢

다행스럽게도 우리는 사람 몸을 받고 승려가 되었으니 여기서 불법을 성취하여 중생제도는 못할지언정 도적놈이 되어서는 안 되겠습니다. 참불공은 어려운 중생을 도와주는 걸 말합니다. 그리고 반드시 명심해야 할 것이 또 있습니다.

남을 돕는 것은 착한 일이지만 남몰래 해야 합니다. 이를 자랑한다면 불공이 아니라 오히려 나쁜 일입니다. 애써 남을 도와주고 난 뒤 불공한 것을 자랑하면 자신이 쌓은 불공을 오히려 부수어버리는 것이니 명심해야 합니다.

한번은 이런 경우가 있었습니다. 6·25전쟁 이후 마산 근처 성주사라는 절에서 서너 달 머물 때입니다. 예불을 보러 처음으로 법당에 들어갔는데 법당 위 한가운데에 '법당 중창 시주 윤○○'이라고 씌어진 큰 간판이 걸려 있었습니다.

주지에게 이 사람이 누구냐고 물었더니 마산에서 약국을 크게 경영하는 사람인데 신심이 깊어서 그의 보시로 법당을 중수했다고 합니다. 그 사람이 언제 오느냐고 물었더니 큰스님께서 오신 줄 알면 당장 내일이라도 올 거라 했습니다.

다음 날 과연 주지의 말대로 인사하러 왔기에 말했습니다.

'듣자 하니 신심이 매우 깊다고 다들 칭찬하더군. 나도 오자마자 법당 위에 당신이 쓴 큰 간판을 보고 당신의 신심을 느꼈네.'

칭찬을 해주니까 퍽 좋아하는 눈치였습니다. 제가 다시 말했습니다.

'아무래도 간판 위치가 잘못된 것 같아. 남들에게 선전을 하려고 거는 것이 간판인데, 이 산중에 걸어봐야 몇 사람이

나 와서 보겠어? 그러니 저걸 떼어서 내일이라도 마산역 앞 광장에 세우게.'

순간 약국 사장은 자신의 잘못을 깨닫고 말했습니다.

'아이고, 스님 부끄럽습니다.'

'부끄러운 줄 알겠나? 당신이 마음에서 우러난 신심으로 보시한 것인가? 저 간판 걸려고 돈 낸 것이지.'

'잘못되었습니다. 제가 몰라서 그랬습니다.'

'몰라서 그랬다고? 몰라서 그런 것이야 허물이 있나. 고치면 되지. 그러면 어찌하겠는가?'

약국 사장은 자기 손으로 간판을 떼고는 탕탕 부수어 그대로 아궁이에 넣어버렸습니다.

이 이야기는 제가 지어낸 것이 아니라 사실입니다. 내가 남모르게 돕는 것이 바로 불공이라는 가르침을 비밀스레 전한 지가 좀 되었습니다. 개인과 단체에 의무적으로 참불공 공부법을 가르쳤습니다. 내가 시키는 대로 불공할 수 없는 사람은 절대로 찾아오지 마라고 했습니다. 어느 날 학생들에게 여러 가지 예를 들어 불공하는 방법을 말했더니 어떤 학생이 질문했습니다.

'스님은 불공하지 않으면서 어째서 우리만 불공하라고 하십니까?'

'나도 지금 불공하고 있지 않은가. 불공하는 방법을 가르쳐주는 것도 불공 아닌가.'

참불공의 예를 또 하나 들겠습니다.

지금은 그때보다 생활이 좀 나아졌지만, 이십 년 전만 해도 서울이나 부산 등 대도시 변두리에는 가난한 사람들이 참 많았습니다. 어떤 분이 어려운 사람들에게 양식을 나누어주고 싶은데 어떻게 소문나지 않게 실천할 수 있냐고 물은 적이 있습니다. 그래서 방법을 일러주었습니다.

'누군가가 쌀을 들고 어려운 집에 직접 나눠주면 금방 알 테니 이렇게 하게. 우선 두어 사람이 가서 동네에서 배고픈 사람들 실태를 조사하고 명단을 작성한 후, 다른 사람이 동네 쌀집으로 가서 쌀을 사고 쌀표를 만들어 나누어주게. 배고픈 사람이 한 말이든 두 말이든 표시한 쌀표를 가져가면 쌀집에서 쌀을 주는 거야. 그런 후에는 또 다른 사람이 명단을 가져가서 쌀표를 나누어주는 거지. 그러면 주는 사람 얼굴이 자꾸 바뀌니 누구인지 알 수가 없네. 묻는 사람에겐 우리는 심부름만 한다고 답하는 거야.'

시키는 대로 했더니 처음에는 믿지 않더랍니다. 쌀표를 주면서 쌀집이 그리 멀지 않으니 한번 가보기나 하라고 자꾸 권하자 그제야 쌀을 받아오더랍니다.

아이들은 학교에 가서 말했습니다.

'우리 동네에 이상한 일이 생겼어. 어디서 온 사람들인지 모르지만 그들이 쌀표를 줘서 배고픔을 면했어. 하늘에서 내려온 게 아닐까?'

한번은 마산에 있는 신도가 추석에 쌀을 트럭에 싣고 가서 가난한 사람들에게 나누어주고 숨어버렸습니다. 신문기자가 그걸 알고 끝까지 그 사람을 찾아내어 대서특필했습니다.

하루는 그 신도가 찾아왔기에 '신문에 낼 자료 장만했제? 다시는 오지 마라'고 했더니 아무리 숨어도 신문기자에게 발목이 잡히고 말았다고 해명했습니다. '글쎄, 암만 기자가 와서 캐물어도 발목 잡히지 않게 불공해야지. 불공은 남모르게 하라지 않았는가?'라고 야단을 쳤습니다.

어떤 동네에는 불공 잘 드리는 부자 노인이 살았는데 이웃 청년이 그 사실을 알고 찾아와 인사를 했습니다.

'존경합니다. 재산 많은 것도 복인데, 그토록 남을 잘 도와주시니 그런 복받을 일이 어디 있겠습니까.'

부자 노인이 화를 내면서 말했습니다.

'고약한 놈! 내가 언제 남을 도왔어? 남을 돕는 것은 귀울림과 같은 거야. 자신의 귀울림을 남이 우째 알 수 있어? 네

가 알고 말았는데 좋은 일은 무슨? 그런 소리 하려거든 다시는 오지 말아.'

이것이 바로 불공의 정신입니다. 남을 도와주는 일은 어렵지만, 한편으론 남 돕기는 쉬울지 몰라도 소문내지 않기가 더 어려운 법입니다. 그래서 자꾸 예를 들어 말하는 것입니다.

여자는 본디 남자보다 몸도 마음도 약하고 조금 입이 가볍습니다. 그래서 자랑은 여자들이 더 많이 합니다. 왜 여자를 약하고 모자란다고 하느냐고 반문도 받습니다.

짐도 힘에 따라서 져야 합니다. 옷도 키 따라 해 입혀야지요. 키 큰 사람은 옷을 길게 입히고, 키 작은 사람은 옷을 짧게 입히는 것이 평등입니다. 약한 게 뭔지 말해서 힘을 내도록 해야지요. 그러므로 여자는 자랑하지 않도록 더 주의해야 합니다.

마지막으로 하나만 더 예를 들겠습니다.

보이스라는 미국 신사가 영국 런던에 갔다가 심한 안개 때문에 도무지 집을 찾을 수가 없어서 이곳저곳 헤매고 있었습니다. 열두어 살 되어 보이는 소년이 물었습니다.

'선생님, 어딜 찾으시나요?'

'어떤 집을 찾는데 쉽지 않구나.'

'제가 이 동네에 사는데 주소를 좀 보여주시겠어요?'

신사가 주소를 보여주었습니다.

'마침 아는 곳이에요. 저를 따라오세요.'

소년은 신사가 찾던 집으로 안내했습니다. 하도 고마워서 사례금을 주었더니 소년은 받지 않았으며 이름도 가르쳐주지 않았습니다. 그러고는 뜻밖에도 이런 말을 했습니다.

'제게는 선생님이 참으로 고마운 분입니다. 저는 소년단 회원인데 저희 소년단에서는 하루에 한 번씩 남을 돕는 규칙이 있습니다. 오늘 선생님을 도와드려 참 기쁩니다. 오히려 제가 감사드립니다.'

소년은 인사를 하고는 가버렸습니다. 신사는 생각했습니다.

'영국에 와서 남을 도우려는 마음가짐으로 사는 소년을 만났군. 돈도 받지 않고, 이름도 알려주지 않고, 남을 도우면서 오히려 할일을 해서 고맙다고 하다니. 이런 정신을 배워야 해.'

신사는 미국으로 돌아가서 소년단을 결성했습니다. 소년단은 세계로 뻗어나갔습니다. 이 단체의 이름이 바로 보이스카우트입니다. 신사는 그 뒤로 영국 소년을 찾으려고 애를 썼지만 끝내 만나지 못했습니다. 신사는 자신에게 훌륭

한 정신을 가르쳐준 이름 모를 소년을 기념하기 위해 영국의 작은 마을에 커다란 들소 동상을 세우고 기념비에 이런 말을 새겼습니다.

'날마다 한 가지씩 착한 일을 함으로써 소년단이라는 것을 미국에 알려준 이름 모르는 소년에게 바치노라.'

끝으로 보시에는 재시財施, 법시法施, 무외시無畏施가 있음을 모두 알고 있겠지만, 베풀었다는 마음 없이 베풀고 있는지 생각해보면서 우리 모두 무주상보시無住相布施를 하도록 노력합시다…."

법어가 나가자 이번에는 스님들이 들고일어났다. 종정이 할 법어냐는 것이었다. 승려들의 위상을 박살 내는 글이라며 종정답게 처신하라고 했다. 혼자 잘나면 그만이냐는 말까지 들려왔다. 성철은 눈 하나 깜짝하지 않았다.

그가 한 법문들은 모두 글로 옮겨져 곳곳에 전해졌다. 그럴수록 성철의 법어를 못마땅하게 생각하는 스님들의 심기를 건드렸다. 사실 이 법문들은 애시당초 그가 쓴 글이 아니라 종정의 뜻을 받들기 위해 성철을 찾아간 조계종 기획위원들이 그와 면담해서 받은 대답을 기사로 발표한 것이었다. 글 속엔 세상을 불국토로 만들려는 이상이 그대로 드러나 있었다.

급기야 다음과 같은 성철 스님 포교문이 기사로 나면서 스님들은 극도로 심기가 불편해졌다.

산중에서 또는 포교당에서 목탁이나 치고 앉아 잿밥 씨름이나 하는 식의 불교가 되어서는 안 된다. 승가대학의 교육은 지행합일知行合一의 철저한 신행信行 교육이 되도록 해야 한다. 철저한 신행 교육이 없으면 속인이 되고 만다.

돈 많은 절 주지 등 몇몇이 나누어 먹는 식으로 하면 불평불만이 생기고 서로 좋은 절의 주지를 하려는 암투가 없어지지 않는다. 공부하고 포교할 생각은 없고 주지 될 생각만 하게 된다. 결국 사찰 재산과 수입의 개인적 분산 관리의 현 체제가 승려의 비행, 부정, 암투의 원흉이요 원동력이다. 그러므로 승려의 비행을 근본적으로 막고 호율적으로 사용하여 불교 중흥을 이루도록 제도적 개혁을 해야 한다.

스님들은 또다시 성철에게 반기를 들며 종정이 할 소리가 아니라고 떠들어댔다. 성철은 전혀 개의치 않고 권력과 재물만 탐하는 조계종 승려들의 수행 태도에 일갈을 계속

했다.

그 와중에 이상한 소문이 돌았다. 지금까지 성철이 가족사를 속이고 있었다는 것이다. 딸만 둘이 아니라 뒤늦게 아들을 두었다고 했다. 심지어 노승이 망령 나서 여신도에게서 아들을 낳았다고까지 했다. 당황한 성철이 호적을 떼어보니 정말 아들 이름이 올라와 있었다. 귀신이 곡할 노릇이었다.

'자子 이병희.'

그런데 분명히 낯익은 이름이었다. 성철은 제자에게 당장 이병희가 누군지 알아보라고 시켰다. 제자는 수소문 끝에 다음과 같은 사실을 알아냈다.

"장손이 출가했으니 제사 모실 사람이 없다며 부친께서 살아 계실 때 성철 스님 동생분의 아들을 입적시켰다고 합니다."

"그럼 그렇지. 지금 뭐 하고 있다 하더노?"

"국민학교 교사랍니다."

"괜히 세상 인심에 놀아났구나."

성철과 제자는 박장대소했다. 없는 아들이 생길 리 없으니 떳떳할 수밖에. 승가에 제대로 일침을 던지는 성철의 꼿꼿한 성정 때문에 이처럼 웃지 못할 일이 생기기도 했다. 이

후로도 성철은 주위 시선에 아랑곳하지 않고 거침없는 말을 쏟아냈다.

성철은 계속해서 올바른 승가를 만들기 위해 글을 썼다. 그것들은 책으로 만들어졌는데 《선문정로禪門正路》《본지풍광本地風光》 등이다. 《선문정로》는 돈오돈수의 핵심을, 《본지풍광》은 간화선을 위한 백여 칙의 공안을 모아놓은 것이다. 《한국 불교의 법맥》 같은 책은 호응이 좋아 쇄를 거듭했다.

성철은 어지러운 세상 속에서도 중생을 위해 꿋꿋이 자기 자리를 지켰다.

3

일휴는 수행을 서둘지 않았다. 그녀의 일상은 늘 똑같았다. 항상 몸을 정갈히 했고 참선을 게을리하지 않았다. 그 옛날 구경究竟 방랑을 끝내고 숲속으로 들어간 싯다르타의 모습이 눈앞에 어른거렸다. 그날의 싯다르타처럼 결코 서둘지 않으리라 다짐했다. 자기를 바로 알기 위해 참선 수행을 제대로 하겠다고 결심했다.

성철도, 불필도 그렇게 수행했을 것이다. 그녀는 자신의 육체 속에 진리의 당체가 숨쉬고 있음을 깨달았다. 지금은 수행이 무엇인지도 모르고 무조건 자신의 육체와 싸우려

했던 그때의 일휴가 아니다.

이제는 성철과 불필이 자신의 소중한 남편과 딸이었다는 번뇌에서 벗어나고 있었다. 아니 그래야만 했다. 그들이 세속의 모든 인연을 끊고 출가하여 오롯이 수행자의 길을 걷는 것처럼 이젠 자신도 수행자로 살아야 한다는 걸 비로소 깨달았다. 그리고 자신도 충분히 명상적일 수 있음을 알게 되었다.

그때부터 일휴는 육체와의 싸움에서 일어나는 번뇌를 끊고 또 끊으려 애썼다. 거기에는 옛날의 남편과 속가의 딸은 없었다. 다만 집착하는 번뇌를 끊으려 노력하는 자기만 있을 뿐이었다.

일휴는 스스로 일체의 번뇌를 죽여나갔다. 속가의 남편이 생각나면 이를 사리물었다. 허기지면 죽 한 종지로 배고픔을 달랬다. 마음을 다잡기 위해 호흡을 조절했다. 그러자 엄청난 기운이 머리끝으로 치달았다. 그녀가 변해가고 있었다. 예전의 그녀가 아니었다. 자신을 죽이기 위해 맹렬히 고행의 늪으로 빠져들던 그때의 일휴가 더는 아니었다.

그러던 어느 날 참선에 몰두하던 그녀의 눈앞에 누군가가 나타났다. 밤마다 엄습하는 공포를 이겨내려는 싯다르타, 무어라도 먹고 싶은 욕망에 사로잡힌 싯다르타였다. 그리움과 싸우면서 부르짖는 싯다르타, 가시방석을 자리에 깔고, 몸에 기름을 바르고, 장작을 지펴 그 몸을 불로 지지는 싯다르타였다.

"저러다 죽고 말 거야."

외도外道들이 그런 싯다르타를 손가락질했다. 하지만 싯다르타는 고행을 멈추지 않았다. 그때까지도 그는 남들과 자신의 고행이 다르다고 생각했다.

시간이 흘러 그는 자신의 수행을 가만히 되짚어보았다. 아무리 수행을 해도 진보가 없다? 뭔가 잘못되지 않았나? 지금껏 한 고행의 대가는 무엇인가? 나의 고행에서 무엇이 올바르지 않았나?

싯다르타는 지독한 고행을 통해 그 누구도 따르지 못할 최상의 이욕離欲(탐욕을 여읨)을 닦았다고 자신했고, 세상의 먼지 같은 관습을 깨트렸다고 생각했다. 남들이 미처 하지 못한 일이다. 그런데 지금껏 한 발짝도 앞으로 나아가지 못하고 그 상태로 머물고 있다.

싯다르타는 물불을 가리지 않는 자신의 지독한 고행에 깊이 회의하기 시작했다. 이는 한 진실한 수행자를 다시 일으켜 세우기 위한 물음이었다. 순간 한없는 비애가 가슴속에서 솟구쳐올랐다. 저 모습 참으로 거룩하고 아름답구나. 이제까지 거부만 했던 육신에 대한 지독한 사랑의 마음이 일었다. 이런 몰골로 어찌 저 아름다운 육신을 싸워 이기며, 이런 몸으로 살아 있음을 이길 것인가. 싯다르타는 자신에게 끝없는 물음을 던졌다. 이대로 고행을 지속하면 깨침은 고사하고 굶어 죽을지도 모른다는 공포감이 일시에 몰려왔다.

그는 일어나 강가로 갔다.

'그렇다. 지금의 고행은 진실한 수행법이 아닐지도 모른다. 지금은 싸울 때가 아니다. 아니 처음부터 싸울 일이 아니었을지도 모른다. 거부하고 거부해서 절대 긍정으로 갈 생각이었다면, 왜 처음부터 긍정하고 긍정해서 절대 긍정으로 갈 생각을 못 했던가.

긍정을 달리 말하면 대상에 대한 아낌없는 사랑이 아닌가. 지금까지 무엇 하나 긍정의 눈길로 바라보았는가. 생을 사랑해보았는가. 생을 긍정해보았는가. 육체와 정신이 한데 어울려 최고의 기쁨을 만들어낼 때 분명 그곳에 열반이 있을 터이다. 그때 내가 그들을 진실로 사랑했더라면 이런 고행을 할 필요가 없었을지 모른다. 아아, 긍정하고 긍정해서 절대 긍정으로 가는 모습이야말로 정말 거룩하고 아름답지 않은가.'

그때 수자타가 강에서 몸을 씻고 다가온 수행승을 맑은

눈으로 쳐다보았다. 몸은 한없이 야위었으나 눈빛은 태양처럼 빛났다.

"존귀한 수행자여, 바라옵건대 가엽게 여기시어 공양을 받아주소서."

싯다르타는 기쁜 마음으로 공양을 받아들였다.

"누이여, 정말 고맙구나."

수자타가 그를 바라보았다.

아아, 대상의 본질을 꿰뚫어보는 저 모습. 참된 지혜란 사고가 아니고 느낌임을 알 수 있다. 그는 생각하고 있다. 느낌이다! 느낌이 분명하면 사물의 본질은 직관에 의하여 확장되어간다. 그렇다. 너와 나는 둘이 아니라는 말이다.

수행자는 거룩하다. 천천히 숲을 향해 다시 걸어가는 저 사람. 나무 아래 편안히 정좌한 저 모습. 그는 생각하고 있다. 이제 더는 쓸데없는 고행으로 나를 죽여서는 안 된다. 억제하고 싸우면서 나의 세계를 짓밟아서는 안 된다. 견성은 육체와의 조화에서 온다는 것을 분명히 해야 한다.

수행자는 서두르지 않고 자신의 육체 속에 아직도 미답인 채로 남아 있는 나를 찾아 탐험하기 시작한다. 한 번의 숨을 내쉼에도, 한 번의 숨을 들이쉼에도 나를 자각한다. 그는 자신의 모든 것을 우주화하기 위하여 그렇게 끝없이 헤매면서 자신 안에서 돌고 있다. 그는 결코 싸우지 않는다. 이제 고행과 싸울 하등의 이유가 없다. 그의 양미간 백호상白毫相에서 한줄기 빛이 뻗어 나온다. 아아, 저 광명.

마군魔軍 마라 파피야스가 다가와 그의 성도를 방해해도 그는 아랑곳하지 않는다. 공간이 무한히 확장되어간다.

'그렇구나. 깨침이 불성이구나.'

마음 마디마디가 감각 속에서 꽃처럼 피어난다. 몸과 마음이 하나로 물결친다. 물질과 정신과 감각과 사고와 행동….

환영에서 싯다르타를 만난 일휴는 눈물을 흘렸다. 기쁨의 눈물이었다. 자신의 모든 것이 부처가 되고 있음을 느끼는 순간이었다. 본모습을 찾아가고 있다는 믿음. 허공은 이미 허공이 아니다. 지수화풍地水火風 사대四大가 나를 이룬 것이 아니라 내가 그들을 이루고 있었기에 고행은 이미 끝났다.

아아, 이것이 바로 부처님의 세계구나. 그이도, 불필도 이런 세계를 보았구나. 현상과 실재가 몸 안에서 하나가 되고, 방편과 반야가 하나로 세워지고 있구나. 지금까지 나를 짓누른 상처들은 한갓 내 마음의 헛그림자이고 망상이었구나.

일휴는 비이중성非二重性 속에서 비사고非思考가 계속되는 동안 부처님과 영적 교섭을 이어나갔다. 이젠 두려울 게 하나도 없었다. 어떤 사랑도, 이별도 존재하지 않았다. 모두가 영원이었다.

그제야 일휴는 망념의 옷을 모두 벗어던졌다. 이제 남편도, 딸도 놓아주기로 했다.

일휴는 지난밤 참선하다가 겪었던 환幻을 인홍 스님에게 털어놓았다. 잠시 생각하던 인홍 스님이 헛헛 웃었다. 일휴는 웃고 있는 인홍 스님의 얼굴을 뚫어지게 바라보았다.

"자네가 비로소 부처의 세계를 보았구나."

"맞습니더."

"혼침이다."

"혼침이라고예?"

"삿된 꿈이야."

"예? 삿된 꿈이라니예?"

인홍 스님의 말에 동의하지 못하겠다는 듯 일휴가 눈을 크게 뜨고 소리쳤다. 인홍 스님이 고개를 저었다.

"부처의 경지는 그 일각一覺 위에 있다."

"무신 말입니꺼?"

"어제 본 것은 부처님의 일차 성도야. 흔히 이 일차 성도를 부처님의 성도라 생각하지. 다들 몰라서 하는 소리야. 부처님은 다시 이차 성도를 하셨어."

"예? 좀 알기 쉽게 말해주이소."

"그날의 싯다르타는 그대로 앉아서 바라밀을 계속 암송했어. 마음의 어두운 그림자가 다 제거되지 않았음을 알았기 때문이지."

"그래도 마음에 그림자가 남았다는 말입니꺼?"

일휴의 물음에 인홍 스님이 고개를 끄덕였다.

"맞아. 마군이 다시 왔기 때문이지."

"분명히 보았습니더. 마군이 제거되는 것을."

"다들 그렇게 말하지. 그때 이르른 경지가 바로 너의 것이냐가 문제야. 깨침은 체험의 산물이다. 부처님의 그림자를 보았다고 해서 깨친 것은 아니라는 말이다. 그런 걸 두고 혼침이라고 하지. 알겠는가?"

일휴는 자신도 모르게 고개를 푹 숙였다.

"그런 사실을 분명히 알아야 깨침을 얻을 수 있다. 전쟁영화를 보면 가끔 확인 사살하는 장면이 나오지?"

"확인 사살?"

일휴가 고개를 갸웃하며 말을 받았다.

"적을 죽이고 나서 죽은 게 분명한지 한 번 더 확실하게 죽이는 것을 확인 사살이라고 해."

"어째 그런 말씀을?"

"깨침의 세계는 물렁물렁하지 않아. 비정하고 독하지. 그래서 깨치기가 어렵단 말이야. 그러니 어떻게 일차 깨침만으로 성도했다고 할 수 있겠는가."

일휴는 저도 모르게 고개를 홰홰 내저었다.

"참으로 깨침의 세계는 무섭구먼요."

"무섭고말고. 싯다르타가 일차 성도를 한 뒤에도 마군은 물러나지 않고 있었어. 바람으로 공격해도 안 되자 숲이 잠길 정도로 폭우를 퍼부었지. 그러다 끝내 산봉우리를 무너뜨렸어. 하지만 싯다르타의 물러서지 않는 정진으로 마침내 폭우는 꽃비가 되고 사방에 꽃이 피었지. 마군은 끝으로 불덩이를 쏟아부었으나 그마저 그들에게 되돌아갔어.

이윽고 마왕의 코끼리가 싯다르타에게 무릎을 꿇고 마왕의 군사들은 뿔뿔이 흩어졌어. 천인들이 그제야 환호성을 내질렀지. 용왕까지 일어나 마군에게 불을 내뿜을 정도였어. 그렇게 모든 악의 그림자를 걷어낸 싯다르타는 그길로 용왕 무치린다가 있는 궁으로 갔지. 시기하듯 폭풍우가 일었지만 무치린다 뱀이 일곱 겹으로 몸을 세워 끝까지 싯다르타를 지켰고, 싯다르타는 마침내 이차 성도를 할 수 있었던 게야. 지금껏 성철 큰스님이 강조하신 것도 바로 이 부분이다. 큰스님은 이걸 매우 중요시하셨어. 일차적 깨침만으로는 부족하며, 쇠망치로 악의 그림자를 모두 부수어 걷어내야만 비로소 성도할 수 있다고 주장하신 거야. 자네도 깨침이 얼마나 어려운지 알아야 해."

일휴는 합장하면서 중얼거렸다.

"나무 시아본사 석가모니불!"

인홍 스님의 이야기는 계속 이어졌다.

"일주일 후 싯다르타는 그곳을 나와 니그로다나무 아래로 가 선사禪思를 계속했지. 그가 다시 보리수 아래로 돌아온 것은 사십이 일 후였어. 그는 마지막 칠 일 동안 선사를 이어갔어. 영원히 일어나지 않을 것 같던 그의 육신은 그대로 법신이 되고 성신이 되었지. 말하자면 부처가 된 거야."

그날 밤 일휴는 한숨도 자지 못했다. 부처와 중생 사이의 일각. 그 차이가 비로소 부처와 중생을 만든다고 인홍 스님은 말하고 있었다. 깨침이 얼마나 무서운 것인지 이제야 알 것 같았다. 그 일각을 깨치기 위해서는 몸과 마음의 조화가 필요하고, 그 조화가 자연스럽게 이루어질 때만이 비로소 견성을 한다는 깨달음이었다.

그날부터 일휴는 매일 참선 정진을 이어갔다. 일상이 곧 참선이 되니 전혀 고통스럽지 않고 오히려 재미가 있었다. 마음도 평화로웠다. 밥을 먹다가도 참선 시간이 되면 부리나케 선방으로 달려갔다. 그런 날이 계속되었다.

어느 날 인홍 스님이 말했다.

"본시 원수가 부처이니라. 원수가 나를 가르치니 부처가 아니고 무엇인가. 성철 큰스님은 늘 내게 말씀하셨다. 나에게 죄를 지은 사람을 평생 부모같이 섬기라고."

일가산승一家山僧

1

봄이 오는가 했더니 벌써 날이 덥다. 인홍 스님은 불필의 인사를 받고 고개를 끄덕이며 웃었다.

“옛날의 네 어미가 아니다.”

“알고 있습니더.”

“몸이 예전 같지 않아….”

“그래서 얼굴 뵈러 왔습니더.”

“가봐라.”

불필은 모처럼 석남사에 들러 어머니 일휴를 만났다. 요즘 들어 건강이 나빠지고 있다는 소식을 듣고 내내 마음에 걸렸다.

그녀는 봄기운이 완연한 산에 올랐다. 건강이 좋지 않은 어머니, 아니 일휴 스님에게 산딸기나 오디를 따드리고 싶어 종일 산속을 헤맸다. 하지만 겨울이 끝나가는 계절에 산딸기와 오디가 있을 리 없다.

불필은 언 땅을 손으로 파서 칡을 캔 후 돌에 찧어서 즙을 냈다.

"자네가 해주어서 그런지 칡즙이 퍽 달데이!"

불필이 올린 칡즙을 마신 일휴는 기뻐서 웃었다. 옛날 그 어머니의 미소였다.

"이제야 이 경지를 알겄다."

"예? 경지라니요."

불필은 일휴의 갑작스런 말에 놀라서 중얼거렸다.

"이 칡즙의 맛이 바로 불교 아니가."

불필의 가슴이 뜨거웠다.

'아, 어머니도 절집 사람이 다 되셨구나.'

그러고 보니 아버지 성철이 생각났다. 언젠가 열매를 따서 드렸더니 맛을 보고는 물으셨다.

"지금 내가 느끼고 있는 맛이 뭔지 알겄나?"

"제가 그걸 어찌 알겠습니까?"

성철이 머리를 끄덕였다.

"그라제. 당연히 모르겄지. 안다면 그게 거짓말일 테니까.

하지만서도 니는 와 머리를 깎고 선정에 드노? 그기 수행이기 때문이제? 맞다. 수행이 필요해서 중이 되었다. 그런데 본래 금강석 같은 불성이 니 안에 있다면 우째 되겠노? 수행할 이유가 없겠제? 이미 깨닫고 있는데 뭐 땜시 수행이 필요하겠노? 본래 부처인데 말이다. 바로 그것이 천지 풍파를 일으키는 일이고 파도 없는 호수에 돌을 던지는 일인데 말이다."

성철의 말을 듣자 불필은 갑자기 화가 치밀었다.

"지금 모든 것을 버린다는 말씀을 하시는 것 같은데…, 맞습니꺼?"

성철의 눈이 환하게 열렸다.

"맞다!"

불필은 욱하는 마음에 부엌으로 가서 무를 주먹만 하게 잘라 방으로 가지고 왔다. 그러고는 보란 듯이 한입 씹어 물었다. 성철은 물끄러미 지켜보기만 했다.

불필은 무를 씹다가 성철에게 물었다.

"스님은 이 무의 맛을 아십니꺼?"

성철은 웃음을 터트렸다. 한참 후 가까스로 웃음을 멈추고 고개를 끄덕였다.

"제법이데이. 그동안 헛공부했나 싶더니. 당연히 모르제.

이놈아, 내가 어찌 너의 입속 맛을 알겠노."

"그런데 어찌 저한테는 그 경지를 아느냐고 물으십니꺼?"

성철은 입가에 잠시 미소를 머금었다 정색하고 입을 열었다.

"니는 선을 어떻게 생각하노?"

"예?"

불필은 성철을 멍하니 쳐다보았다.

'그렇게 가르쳐놓고도 다시 선이 무어냐고 물으시다니?'

불필이 머뭇거리자 그녀의 심중을 간파한 성철이 말했다.

"선이 체험이라는 말은 아무리 강조해도 모자라기에 물었던 기라."

"아!"

"선은 추리도 아이고 추론도 아닌 기라."

아버지 성철은 이전에도 기회만 있으면 선에 관해서 말했다.

"선이란 수박이다. 사과다. 배다. 그것은 달디단 열매다…. 그 맛을 제대로 알려면 이론이나 추론은 필요치 않은 기라. 그라믄 우째야 되겠노? 먹어봐야 한다. 아무리 그 맛을 잘 설명한 경전이 있어도 직접 맛보지 않고 그 맛을 우째 알 수가 있겠노. 이것이 바로 선인 기라. 느낌, 즉 직관,

그것이 존재의 본질인 기라.

그러니 너한테 어떤 화두가 주어졌다면 네 녀석이 체험해서 직접 그 화두를 풀어내야 하는 기라. 깨달음이 별건 줄 아나? 딸기 한 알을 먹고 부처가 그 맛을 알고 있다. 그런데 네 녀석이 물었다. '부처님이시여, 딸기 맛을 알려주십시오.' 부처는 네 녀석에게 딸기의 맛을 말한다. 바로 그것이 팔만대장경이다. 생각해봐라. 네 녀석이 아무리 들어도 부처가 설명하는 딸기의 맛을 진정 알 수 있겠나? 천만의 말씀인 기라. 암만 들어도 네 녀석은 그 맛을 이해할 수가 없제. 그렇다면 대답은 어디에 있겠노? 네 녀석이 직접 딸기 맛을 보는 수밖에 없는 기라. 그래야 부처의 경지에 이를 수 있제. 그것이 바로 선이다. 그래서 선을 체험이라고 하지. 알겠나?"

귀가 닳도록 그런 말을 한 사람이 바로 성철 큰스님이었다.

불필은 묘한 표정으로 잠시 생각에 잠겼다가 "그런데요?" 하고 묻는 듯 이내 고개를 들고 성철을 바라보았다.

"니가 올린 딸기 맛을 보니 갑자기 생각나서 하는 말인 기라. 선이 체험이라면 그때 무엇이 깨어지겠노?"

불필이 고개를 갸웃거렸다.

"…?"

“무슨 말인지 정말 모르겠나?”

불필은 잠자코 있을 수밖에 없었다.

“선이 딸기 맛 같은 것이라믄 그거는 분명히 체험이지. 그게 분명하다믄 그 체험에 의해서 오랫동안 자기가 가지고 있던 헛된 소승의 요의가 깨어지고 마침내 대승의 요의가 살아나지 않겠나.”

“어떻게 소승을 넘어 대승의 경지에 이르겠습니꺼?”

그제야 불필은 그 말의 의미를 깨달았다는 듯이 물었다.

성철이 빙그레 웃었다.

“어렵게 생각할 거 없다. 오로지 선이 너를 그 길로 데려갈끼니 누가 알겠노. 열심히 수행하다 보믄 너를 대해탈의 세계로 데려갈 이를 언젠가는 친견할지도 모른다 아니가.”

“스님, 그게 무슨 말씀이십니꺼?”

뜬금없는 성철의 말에 불필이 물었다.

“뭐, 그렇다는 말이지. 수행이 지극하고 간절하면 서원이 앞서간 선지자들에게 닿아서 깨침으로 가는 길을 제대로 가르쳐주지 않겠나 하는 말이다.”

“꼭 스님께서 그런 이들을 만나보셨다는 말씀처럼 들립니더.”

불필의 말에 성철이 희미하게 웃었다.

"글쎄? 그런 거 같기도 하고…."

"예?"

"이런 말 어떨지 모르지만 본 것 같기도 하고 아닌 거 같기도 하고. 제 길을 못 찾고 질퍽대니까 그런 내가 안타까웠는지 그 길을 가르쳐준 거 같기도 하고 아닌 거 같기도 하다…, 정말 모르겄다."

"그들이 누굽니꺼?"

불필은 뭔가 이상해서 되풀이해 물었다. 성철은 정색했다.

"그 말을 하자믄 오늘 밤을 새야 될 끼다."

"정말로 앞서간 선지자들이 스님께 해탈에 이르는 길을 가르쳐주었단 말입니꺼?"

불필은 어딘가로 깊이 빠져드는 듯 묘한 기운을 느끼면서 물었다. 성철이 다시 웃음을 머금었다. 그가 입을 연 것은 한참 후였다.

"나를 소승의 세계에서 일으켜 세워 대승의 세계로 가는 길을 가르쳐준 것만은 사실이데이. 좌선에 들었다가 혼침을 겪었는데 문득 그들을 만난 기라. 그래서 동산 스님께 그 말을 했드만 허깨비를 보았다며 얼마나 혼을 내시던지. 오로지 화두를 들고 무심의 경지에 있어야 할 놈이 그런 망령에 사로잡혀 있다시며. 그란데…."

성철은 거듭 숨을 몰아쉬다가 슬며시 웃었다.

불필은 알다가도 모를 일이라는 듯 성철을 바라보았다. 불필과 눈이 마주친 성철은 이내 입가에서 웃음을 거두었다.

"그런데 말이야, 나중에 그걸 알았던 기라. 선불교의 중흥조였던 경허 스님의 제자 만공 스님께서 살아 계실 때 하루는 내게 이런 말씀을 하셨다."

"뭐라고 하셨는데요?"

"자신도 수행 중에 그들을 친견하고선 그게 혼침인 줄 알았는데 나중에 보니 그기 아니었다는 기라. 진짜로 부처님이 나타나 자신에게 길을 가르쳐주셨다는 거제. 그런데 경허 스승은 그것 자체도 혼침이라 했다 카대. 동산 스님도 경험했다고 하셨는데 그분 역시 그걸 혼침이라고 하셨지. 그래서 더더욱 동산 스님에 대한 경외심이 생겨났는지도 모르겠다. 해탈의 경지에 이르고 보니 그들의 등장까지도 망령됨으로 보는 경지 아니겠나? 진실로 절대 적멸의 경지에 들지 못했기에 일어난 현상이라고 보는 거제. 깨침의 경지가 얼마나 무서운지 내 그때 알았던 기라. 나 같은 범부가 일정한 경지에 들지 않고서는 도저히 볼 수 없는 분들인데 말이다."

"그래서 어떻습니까?"

"뭐가?"

"스님도 그걸 믿습니꺼?"

"믿고 안 믿고가 어딨노. 선정 중에 부처님을 친견하신 동산 스님도 내가 그랬다 카니 막 나무라셨는데. 하여튼 이상했다."

불필은 할말을 잃고 성철의 얼굴만 바라보았다. 성철이 방문을 조금 열자 초봄의 찬 기운이 흘러들었다.

"참으로 봄바람이 신선하데이."

성철이 바람을 맞으며 말했다. 불필은 그제야 눈을 감으며 고개를 떨구었다.

2

"까르르."

아이들 웃음소리가 백련암을 가득 채웠다. 제자들은 아이들과 노는 성철의 모습을 보고 수군거렸다.

"저리도 좋으실까?"

애들이 버릇없게 굴 때마다 "이놈" 하고 나무라고 싶었지만 성철의 불호령이 무서워 아무도 나서지 못했다. 아이들의 심성은 거울같이 맑아 모두 천진불이라며 삼천배도 시키지 않는 성철이었다.

"나 잡아봐라."

한 아이가 혓바닥을 쏙 내밀고 성철을 피해 달아나며 장난을 쳤다. 아이들은 늙은 스님을 제 친구라고 생각했다. 성철은 그런 모습이 귀여워 헝겊으로 눈을 가리고 아이들을 잡으러 다녔다.

아이가 미는 바람에 언덕 아래로 굴러떨어진 적도 있다. 그래도 성철은 제자들에게 절대로 나무라지 말라고 했다. 그것이 세속에 물들지 않은 천진무구한 생명의 몸짓이자 인간의 본래면목이라고 했다. 사람들이 모두 저 모습으로 되돌아가야만 이 세상을 있는 그대로 볼 수 있으며, 그제야 비로소 "산은 산이요 물은 물이 된다"는 것이었다.

어느 날 한 아이가 귀에 대고 소리를 지르는 바람에 고막이 터졌다. 그래도 성철은 아이를 꾸중하지 않았다.

어느 해 동안거 결제에 들어갈 무렵이었다. 그날따라 눈보라가 가야산을 휘감았다.

군부가 권력을 차지해 시국은 매일 혼돈의 연속이었다. 성철은 법상에 올라 수행자는 이럴 때일수록 절대로 마음이 흔들려서는 안 된다고 독려했다. 그러고는 칼날 같은 법어를 내렸다.

"한 철도 길다. 삼 일 혹은 칠 일 안에 공부를 마쳐라."

법어를 들은 수좌들이 웅성거렸다.

"동안거 공부를 단 칠 일 만에 마치라고. 그게 될 법한 소리인가?"

성철이 법상에서 법문을 이어나갔다.

"여기 모인 수좌들 가운데 목숨 걸고 독하게 공부할 사람이 과연 몇이나 있을지 모르겠다. 논 열 마지기에 여자 하나 안겨주면 속가로 나갈 멍청한 놈밖에 없는 것 같다."

그때 말석에 앉아 있던 스님이 손을 들며 큰 소리로 외쳤다.

"저는 결코 그러지 않을 겁니다!"

성철의 입가에 웃음이 번졌다.

"자신만만하구나. 그래야지. 두고 보자, 이놈."

성철은 그렇게 말하며 웃었다. 대중들은 그 웃음의 의미를 알지 못했으나 얼마 후 그 스님이 환속했다는 소문이 돌았다.

수행이란 바로 그런 것이었다. 모질면 모질수록, 비정하면 비정할수록 그리움은 더 가까이 다가오는 법이다. 비구의 가슴속에 일고 있는 본능적 그리움은 결단력이나 오기로는 이겨낼 수 없는 그 무엇이다.

성철도 예외일 수 없었다. 그도 인간이었다. 가야산 호랑이가 종정이 되어 향곡 스님을 찾았으나 이미 열반에 들어 그의 곁을 떠나간 뒤였다.

“지금 내 곁에 향곡 스님이 있으면 얼마나 좋겠노.”

그는 종정이 된 뒤에도 결코 백련암을 떠나지 않았다. 때로는 도반들과 씨름을 하고 아이들과 놀기도 했다. 여름에는 오직 삼베옷 한 벌, 겨울에는 광목으로 된 옷 한 벌로 났고, 바리때 하나가 가진 것의 전부였다.

주식은 솔잎과 콩이었다. 여든 나이에도 손수 옷을 기워 입었다. 누가 옷을 해주겠다고 하면 삼십 년 동안 승복 한 벌로도 사는 데 별문제가 없었으니 십 년은 더 입겠다며 사양했다. 또한 자신은 세상에서 제일 못난 사람이기에 좋은 옷을 입을 자격이 없다고도 했다.

그런 성철 앞에서 어느 누구도 감히 돈, 명예, 권력, 자식 자랑을 하지 못한 건 당연한 일이었다.

3

“내 이쑤시개 우쨌노?”

성철의 성정을 아는 시자가 재빨리 말을 돌렸다.

“새것으로 올리겠습니다.”

“뭐꼬? 또 내삐렀나? 이기 미쳤나? 와 멀쩡한 이쑤시개를 버린단 말이고."

"큰스님, 끝이 뭉그러지고 냄새도 나고…."

휴지만 해도 그랬다. 한 뼘도 안 되는 휴지를 두 번으로 나누어 쓰는 바람에 손에 코가 묻기 일쑤요, 해우소 가서도 손에 변을 묻히는 게 다반사였다. 그럼 개울가로 내려가 손을 씻고 올라왔다.

"아끼는 것도 좋지만 큰스님…."

"운동도 하고 좋지 뭘 그라노. 그라니께 네놈이 돼지 새끼처럼 살만 뒤룩뒤룩 찌는 기다."

어느 날 기자가 와서 물었다.

"천삼백만 불자들에게 한말씀만 해주십시오."

"내 말에 속지 마라. 나는 늘 거짓말만 하니까."

다시 돈오돈수와 돈오점수의 문제가 불거졌다. 성철이 불교의 오랜 숙제인 돈오돈수와 돈오점수의 문제를 정면으로 돌파하려고 하자 학승들의 항의가 만만치 않았다. 성철은 종조인 보조지눌 국사는 도량에서 피어난 독초이므로 뽑아버려야 한다고 주장했다.

학승들은 다음과 같이 항의했다.

"성철의 말대로라면 팔만대장경을 모두 불태워버렸어야

한다. 돈오돈수를 논하는 자들에게는 문화재라는 이유 말곤 하등 가치가 없을 테니. 부처님 말씀이 가치가 없다고? 한국 불교는 안으로 들어가보면 모두가 돈오점수를 따랐고, 석존 이래 교조 격인 보조지눌 국사를 종조로 삼았다. 그대가 그러한 사실을 하루아침에 부정하다니. 생각해보라. 그대도 돈오돈수를 주장하기 이전에는 돈오점수의 종조나 다름없는 보조지눌 선사를 따르지 않았는가. 한국 불교는 팔백 년 동안이나 보조지눌 국사를 종조로 하고 그의 가르침을 따르지 않았던가. 그러면서도 그대는 자신의 책에서는 돈오점수의 알음알이를 펼쳤다. 그대가 쓴《선문정로》는 문자가 아닌가? 그대 또한 문자 없이는 자신의 주장을 펼칠 수 없으니 그대의 주장을 문자로 펼치려면 돈오점수로 돌아와야 하지 않는가? 그렇다면 그대는 이 문제를 어떻게 생각하는가?”

교종과 선종의 다툼은 엄청난 파장을 불러왔다. 교종은 어떻게 경전을 읽지 않고 부처님을 알 수 있느냐고 했고, 선종은 부처님이 어디 경전을 읽고 성도했느냐며 다투었다. 말하자면 한쪽에서는 문자를 알아야 한다, 또 한쪽에서는 문자는 견성의 걸림돌일 뿐이다 하며 서로 싸워댔다.

성철은 끝없이 돈오돈수 사상을 펼치며 자기가 짓고 자

기가 받는다고 했다. 몸을 바로 세우면 그림자도 바로 세워지는 이치와 같다고 했다. 마찬가지로 정업正業을 짓고 살면 그 삶도 바르게 되고, 악업을 지으면 그 삶도 악해진다고 했다. 따라서 모든 업은 자신이 짓고 자신이 받는다는 것이다.

도저히 이해하기 힘든 건 성철의 행동거지였다. 학승들에 대해 문자를 가까이하는 지해종도라고 폄훼하고서는 정작 예비 승려들에게는 문자를 가르쳤다. 해인사 책방인 장경각에 들어가서 시간을 잊을 정도로 책 읽기에 몰두하는가 하면, 어린 행자들과 목탁을 치며 예불을 올리기도 했다. 그때마다 주로 〈백팔참회문〉과 〈능엄주〉를 독송했는데 대중들은 이러한 이중성에 고개를 홰홰 내저었다.

뿐만 아니라 예비 승려들에게 경전을 읽게 했다. 통상 반 년이 걸리는 행자 기간에 한문으로 된 경전을 제대로 읽으려면 먼저 문리를 터득해야 한다. 그런데 성철은 그 기간에 불경이 아니라 유교 경전인 사서四書를 《대학》《중용》《논어》《맹자》순으로 읽게 했다. 그러면서도 한 자 한 자의 뜻을 바르게 알아야 한다고 강조했던 것이다. 문자를 철저히 배격하는 돈오돈수의 입장에서 보면 도무지 이해되지 않는 행동들이었다.

예비 승려들은 이처럼 적어도 이 년 정도는 성철에게서

경전 공부를 하고 난 뒤에야 선방에 갈 수 있었다. 날마다 돈오돈수를 주장하면서 어떻게 그럴 수 있느냐고 스님들이 항의하기도 했다.

하지만 개중 뜻있는 스님과 학자들은 성철이 말하는 불교의 대의가 돈오돈수이지 문자와의 단절이 본뜻이 아니라는 사실을 알아채고 고개를 끄덕거리기도 했다. 심지어 이를 두고 성철이 동산 스승을 통해 깨달은 것이 있었기 때문이라고 주장하는 이들도 있었다. 결국에는 돈오돈수 사상도 문자를 터득해야만 증득되는 것이라는 얘기였다.

하기야 그는 동산 스님으로부터 본격적으로 불법을 익힌 사람이다. 동산 스승이 그랬듯이 시주받은 쌀 한 톨이라도 버리는 걸 본능적으로 용납하지 않았다. 그는 중생들의 염원이 실린 시주물을 정말 귀하게 여겼다.

성철은 기도하러 오는 신도들에게 항시 일렀다.

"부처님께 올리는 공양물은 절대로 땅에 놓아서는 안 된다."

그래서 신도들은 버스를 기다릴 때도 공양물만은 땅에 놓지 못하고 머리에 이거나 들고 있어야 했다.

성철 앞에서 돈 자랑을 하던 신도가 쫓겨난 적도 있다. 그 뒤로는 모두 조심했다. 언제나 낡은 법복을 입고 콩 몇 알,

솔잎 몇 줌 먹는 성철 앞에서 돈 자랑은 금물이었다.

어느 날 지역의 경찰서장이 부임해 성철에게 인사를 가려고 했다.

"뭐라고? 그를 만나려면 삼천배를 해야 한다고?"

"그렇답니다. 대통령 할아버지가 와도 삼천배를 하지 않으면 만나주지 않는답니다."

"설마…. 아니 왜 삼천배를 하라는 거야?"

"그래야 자기 자신을 똑바로 볼 수 있다고…."

"허허, 참 이상한 스님도 다 있네."

그는 부하를 데리고 기어이 해인사로 갔다. 부하가 그의 방문을 알리러 간 사이 그는 대웅전 앞에서 담배를 빼 물었다. 담배 연기를 길게 내뿜으려는 순간 남루한 법복을 걸친 노스님이 지나가다가 한마디 했다.

"경찰 양반, 여기서 담배 피우면 안 됩니더."

어깨에 번쩍거리는 계급장을 단 그의 눈에는 노스님이 초라한 늙은이로만 보였다.

"금연이라고 써붙여놓지도 않았는데 산중에서 담배 좀 피우면 어떻습니까?"

경찰서장의 말에 결국 사달이 벌어지고 말았다. 말이 끝나기가 무섭게 노승이 '크악' 하며 가래침을 입 안에 모으고는 서장의 얼굴에 사정없이 내뱉었다. 가래침이 서장의 콧등에 찰싹 달라붙었다. 서장이 낯빛을 붉히며 눈을 치켜떴다. 그때 노승이 소리쳤다.

"당신 얼굴에도 아무 표시가 없으니 침을 뱉어도 괜찮겠지?"

"아니, 이 영감탱이가!"

경찰서장은 발을 동동 구르다가 그가 성철 스님이라는 걸 알고는 부리나케 산을 내려갔다.

한번은 삼천배를 한 신도가 초주검이 되어 요사에 누워 있었다. 성철은 위로의 말은커녕 놀리듯 물었다.

"우리 부처님 삼천배 받았으니 오늘 배 많이 부르시겠네. 내가 삼천배 시킨다니까 언 놈이 굴신운동이니 뭐니 하던데…. 무르팍은 성한지 모르겠다?"

"스님, 온 전신이 안 쑤시는 데가 없습니다."

"본시 아픈 것이 중생이다."

"천 배까지 세긴 했는데 천 배가 넘어가니까 숫자도 생각 안 나고…."

"그래서 백팔 염주를 준비하라고 안 하더나. 백 번 절하고 염주알 하나 올리고…."

"안 그래도 부처님께 물었구먼요. 부처님, 몇 배인지 잊었는데 우짤까요? 다시 하까요? 그래도 부처님은 말이 없고…. 얼마나 했는지 도무지 모르겠습니다."

"됐다. 다 마음인 기라. 삼천배를 했다고 생각하믄 한 기지."

성철이 웃으며 말했다.

"내 다 안다. 니가 부처님께 거짓말할 사람도 아니고."

시간을 계산해보면 대충 몇 배를 했는지 나오기 마련이다. 정확한 건 아니지만 젊은이는 네다섯 시간, 장년들은 여섯 시간에서 여덟 시간쯤 걸린다. 나이든 사람은 열두 시간 정도 걸린다.

사실 삼천배의 발원지는 해인사가 아니라 통영 천제굴이다. 봉암사 결사가 전쟁으로 인해 좌절되자 천제굴로 들어간 성철은 삼천배를 일과로 삼았다. 그해 성철은 대덕 품계를 받았는데 이름이 나자 신도들이 천제굴로 몰려들었다. 그때 신도들에게 자신을 찾기 전에 먼저 부처님을 찾으라며 삼천배를 시켰다. 열심히 절하다 보면 자기 자신을 돌아보게 되고, 부처님의 세계를 알게 되며, 이타利他를 터득하리라 생각했기 때문이다.

또한 절을 하면서 자신이 번역한 〈능엄주〉를 읊도록 했다. 자기가 지은 과거의 업장으로 오늘이 있으니 참회하고 소멸해야 한다는 뜻이었다. 저녁에는 〈예불대참회문〉을 독송하고 아비라 기도를 하도록 했다. 아비라 기도는 '옴 아비라 훔 캄 스바하'라는 산스크리트어 진언에서 비롯된 불교 기도법으로 주로 당나라 때 총림의 수행법이었다.

천제굴에서의 일과는 삼천배와 〈능엄주〉 독송, 아비라 기도, 화두 참구가 전부였다. 그때의 전통이 이곳 해인사로 이어진 것이다.

"스님, 삼천배를 하고 나니 몸은 아프지만 마음이 개운합니다. 해냈다는 성취감도 있고요. 절하면서 참회를 많이 했습니다. 지금까지 헛살았다 싶네요."

"그라믄 집에 가서도 절을 계속해라. 〈능엄주〉 독송도 하고."

그러나 너무 힘들어서였는지 그 신도는 성철과의 약속을 지키지 못했다. 먹고살기 바쁘다는 핑계였다.

어느 날 성철이 물었다.

"요즘도 열심히 절하고 〈능엄주〉 읊고 있나?"

머뭇거리던 신도가 답했다.

"큰스님, 살기가 바빠서 마음으로만 했습니다."

성철이 잠시 쳐다보다가 되물었다.

"그라믄 무슨 마음으로 밥은 묵노?"

신도가 아무 소리도 못 하고 돌아간 후 제자가 콜록거리면서 들어왔다. 성철이 물었다.

"감기 걸렸는갑다?"

"아침부터 몸이 으슬으슬하고 열이 있네요."

"옷을 더 껴입어라."

"안 그래도 행자에게 군불을 지피라고 했습니다."

그 소리를 듣고 성철은 제자를 노려보았다. 젊은 놈이 이상한 소리를 다 한다는 표정이었다.

"방이 따뜻하면 잠이 쏟아질 긴데 괜찮겄나?"

"좀 쉬믄 금방 나을 거 같습니다."

"그람 다른 도반들은 우짜고?"

"예?"

제자는 성철의 말을 이해하지 못하고 되물었다.

"일마야. 그라니까 감기가 온 기다. 감기는 지만 위하는 놈을 찾아다닌다는 걸 어찌 모르나. 병들면 니가 떠나야지 성한 도반이 떠나야겄나."

승은 비정해야 한다는 걸 성철은 그렇게 말하고 있었다. 비정하지 않고서야 어떻게 오욕칠정을 끊겠느냐는 말이었다.

성철은 바깥에 나가 군불을 지피면서 졸고 있는 행자를

깨웠다.

"어서 일나라."

"예, 큰스님."

"가서 흙을 좀 개와라."

"뭐 하실라꼬예?"

행자는 영문도 모른 채 눈을 동그랗게 뜨고 물었다.

"빨리 개와라. 아예 이놈의 아궁이를 막아버려야겄다."

행자가 고개를 갸웃거리며 공양간을 나가기가 무섭게 성철은 물 한 바가지를 아궁이에 부었다. 그러곤 행자가 갠 흙을 가져와서 끝내 아궁이를 막아버렸다.

이 이야기를 들은 학승들이 몰려와서 성철에게 기막힌 선문답을 던졌다.

"큰스님, 입을 막았으면 밥은 주셔야지요."

"맞다. 그래야 밥이 되지. 그런데 많이 처먹으면 뒤진다."

알음알이가 너무 과하면 불성을 버린다는 말이었다. 학승들은 아무 말도 못 하고 물러났다.

하루는 잘생긴 청년이 세상 고민 다 짊어진 모습으로 성철을 찾아왔다.

"스님, 좌우명 하나 주십시오. 평생 기억하면서 열심히 지키겠습니다."

성철은 껄껄 웃었다.

"일마야. 세상에 공짜가 어딨노."

성철은 그렇게 말하곤 청년에게 손바닥을 내밀었다. 생긴 것이 꽤나 신심 있어 보여서 나중에 한 물건이 되겠다 싶었다.

젊은이가 눈을 크게 떴다.

"예? 무얼 드릴까요?"

"절돈 삼천 원 내라."

젊은이는 곧바로 삼천배를 하라는 말인 걸 알아들었다.

"스님, 절돈 삼천 원은 너무 비싼 거 같습니다만…."

자신이 없다는 투였다.

"일마 뭐라 카노. 비싸다고? 니가 불교를 좀 아는 모양인데 안 되겄다. 만 원 내놔라."

젊은이는 성철을 뚫어지게 바라보다가 법당으로 향했다. 절돈을 깎으려다 일만 배를 할 판이었다. 게다가 누구의 명인가.

청년은 정확히 알고 있었다. 자신을 제도할 이가 바로 그라는 사실을. 그와 인연을 맺기 위해서라면 지금 당장 수만 배라도 해야 한다고 생각했다.

절을 시작하자 온몸이 쑤셨다. 얼마나 지났을까. 나중엔 몇 배를 했는지 깡그리 잊었다. 시간이 흐르고 밤이 깊어 성철이 법당에 나가보니 그때까지도 청년은 미련스럽게 절하고 있었다.

그날 성철은 청년에게 '속이지 마라'는 좌우명을 주었다. 청년은 고개를 갸웃거렸다.

'도대체 무슨 좌우명이 이런가?'

어디서나 들을 수 있는 너무도 흔한 말이었다.

청년은 집으로 돌아왔지만 실망감이 쉽사리 사라지지 않았다. 갑자기 이런 생각이 스쳤다. '속이지 마라'는 좌우명은 '남을 속이지 마라'는 말이기도 하지만 '자신을 속이지 마라'는 뜻이 아니었을까?

다음 날 청년은 다시 백련암으로 갔다. 마침 성철이 산길을 포행하고 있었다.

"큰스님, 저 왔습니다."

"니가 누고?"

성철은 짐짓 모른 체했다.

"불교가 무엇인지 제대로 알고 싶어서 이렇게 다시 왔습니다."

성철은 그를 아래위로 훑어보며 역시 자신이 제대로 보

았다고 생각했다. 될성부른 나무는 떡잎부터 안다고 하지 않았던가. 잘만 하면 큰 물건이 될 청년이었다. 성철은 방을 내주고 하룻밤 재우면서 요리조리 청년의 행동거지를 살폈다. 그리고 다음 날 산을 내려가는 청년에게 언제든지 자신을 만나러 오라는 말까지 아끼지 않았다.

얼마 후 청년이 다시 백련암을 찾았다. 그제야 성철은 청년의 나이를 물었다.

"몇 살이고?"

"스물아홉입니다."

"스물아홉? 인생 다 살았네."

"그래서 고민이 이렇게 깊습니다."

"그 고민 세속에서는 다 못 푼다. 인생 다 살았는데 이제 할 끼 뭐 있노. 출가해라. 그래야 고민이 다 풀린다."

"출가하겠다는 생각은 해본 적이 없습니다."

"네가 세속에서 출세하면 얼마나 하겠노?"

"예?"

청년은 무시당한 것 같아서 불쾌했다.

"뻔하지 뭐. 세속의 인간들처럼 속물이 되어서 살아가겠지. 울고불고 싸우고, 엎어지고 자빠지고…."

"듣기엔 스님께선 좀체 출가를 권하지 않으신다는데 왜

저한테는 출가하라고 하십니까?”

성철이 눈을 크게 떴다.

“일마야, 중 되는 복이 보통 복인 줄 아나? 그것도 부처님과 인연이 있어야 하는 기라. 안 그라믄 니가 나를 찾아왔겠나. 하기 싫으면 치우고.”

청년은 그길로 머리를 깎고 출가했다.

행자 수업은 실로 고달팠다. 새벽이면 일어나 예불하고 공양까지 해야 했다. 밥에 돌이 들어가는 바람에 성철의 이를 부러뜨린 적도 있다.

청년은 행자 생활에 염증을 느낀 나머지 성철을 찾아가 하산하겠다는 결심을 밝혔다.

성철은 그 말을 듣고 한참 웃다가 입을 벌렸다.

“고새를 못 참고. 허허, 내 이빨 좀 봐라.”

“예?”

“니가 부러뜨린 이빨이 이래 많은데 그냥 가믄 되겄나. 내 이빨 다 부러뜨리고 나면 도가 통하지 않겄나.”

성철의 말에 청년은 하산할 마음을 접었다.

성철은 그에게 ‘원택圓澤’이라는 법명을 지어주었다. 원택은 세상에 쓸모없는 인간이 돼야만 깨침의 공부도 잘할 수 있다는 성철의 가르침을 잊지 않고 평생 열심히 수행했다.

대통령이 찾아와도 자신은 쓸모없는 인간이라며 만남을 거부한 스승에게서 참인간의 모습을 보았던 것이다.

하심을 실천한 스승처럼 지금도 그는 구도의 길을 걷고 있다.

꽃다운

성철이 속가 아내 덕명의 열반 소식을 들은 건 축발한 지 십육 년째 되던 해 6월 6일이었다.

"일휴 스님이 어제 좌탈입망하셨다고 합니다."

"뭐라꼬? 일휴가 죽었다고?"

제자의 말에 성철이 놀라서 되물었다. 나이 쉰다섯에 출가하여 겨우 몇 해가 지나지 않았는데 믿기지가 않았다. 그 사람은 명이 길 줄 알았다. 속가의 아내는 본시 애살이 많았다. 두 딸을 낳았으나 애지중지하던 첫아이를 열세 살에 저세상으로 보냈으니 그 아픔이 오죽했겠는가. 하지만 성철은 가볼 수 없었다. 이미 끊어진 인연이다. 지아비를 얼마나 오매불망 기다렸겠는가. 더구나 아비에게 가 머리를 깎고 중이 되겠다던 큰딸이 갑자기 죽었으니 남편을 향한 원망이 하늘을 찔렀을 것이다.

맏며느리로서 층층시하의 집안을 책임지던 그녀였다. 하나 있는 막내딸마저 아비를 찾아 중이 되고 말았으니 인생사가 참으로 기막혔을 것이다. 그녀가 중이 되었다는 소식을 들었을 때 사실 성철은 몹시 심란했다. 그러고 보니 부모 자식이 모두 중이 된 것이다.

일휴의 다비식이 거행되는 동안 성철은 안정을 찾지 못했다. 몇 번이나 선정에 들려고 애썼으나 좀체 상相이 잡히지 않았다. 전에 없이 마음이 번잡했다.

"수행을 통해 번뇌장煩惱障, 소지장所知障이 없어진 상태인 백정식白淨識의 세계에 들지 못했다면 들게 하소서. 영원히 깨친 세계에 들어 윤회세계를 떠나게 하소서. 나무 시아본사 석가모니불…."

성철은 기도하다가 어금니를 사리물고 말았다.

'아직도 멀었구나. 내가 진정 깨침의 경지에 들었다면 이토록 생사에 집착하지 않았을 터.'

마음이 한없이 착잡했다.

'아아, 아직도 나는 여여한 경지, 심해탈心解脫의 경지에 이르지 못했구나.'

생사의 길 앞에서조차 이토록 여여함을 잃고 있는 나는 도대체 누구인가. 지금까지 나는 무엇을 했던가. 여느 신도들처럼 그저 지옥에 가지 않기 위해 기도하지는 않았던가. 아니다. 한때는 지옥으로 가게 해달라고 기도했다. 깨침을 얻어 모든 중생들을 지옥에서 구하게 해달라고 기도했다. 그런데 그 지옥이 지금 어디인가.

지옥은 인간세계다. 인간세계가 바로 지옥이다. 그렇기에 죽음을 불사하는 정진을 하여 완전한 심해탈을 얻고 지옥 중생들을 구제하겠다고 빌었다. 무상의 지혜를 얻어 지옥을 구하고 말리라 염원했다. 성철 자신은 그것만이 정답이라고 생각하며 그동안 치열하게 수행했다.

저마다 잘났다고 하는 세상, 입에 침이 마르도록 스스로를 치켜세우는 세상, 그러지 않고는 살아남을 수 없기에 자기 죄를 부정하며 사는 세상이었다. 그 세상을 구하는 이가 되게 해달라고 염원했다.

다비장에서 불필이 왔다기에 불렀다. 불필은 아예 말이 없었다. 일휴 스님, 아니 어머니의 죽음에 대해서 일언반구도 하지 않았다. 이미 제 아비의 불편한 심중을 헤아렸을 것이다. 아버지, 아니 성철 스님은 눈 하나 깜짝하지 않을 것이란 사실을.

불필은 이미 생사의 이치를 알 만한 나이였다. 게다가 출가한 몸이지 않은가. 침묵만이 답이다.

성철이 불필에게 물었다.

"요새 공부가 어떻노?"

"잘하고 있습니더."

성철의 물음은 일휴의 죽음에 관한 것이라기보다도 불필의 수행에 대한 점검이었다. 아마 불필은 어머니의 죽음을 받아들이기가 무척 힘들었을 것이다. 허나 어쩌겠는가. 부모와 자식의 인연은 진즉에 끝났지 않았던가. 지금 불필에게 중요한 건 수행이었다. 성철은 불필에게 그걸 묻고 있었다.

"그라믄 무자 화두를 일러봐라."

갑작스러운 질문에 불필은 대답하지 못했다.

불필, 아니 속가의 딸 수경이 산에 올라 머문 곳은 교생실습을 한 학교 근처인 진주시 미천면 안간리에 있는 월명암이었다.

불필이 출가하여 처음으로 찾아왔을 때 성철은 고심했다. 언젠가는 올 줄 알고 있었다. 할머니를 따라 천제굴로 왔을 때 이미 아이의 눈 속에는 한없는 의혹이 불타고 있었다. 그 의혹을 해소하기 위해 언젠가는 출가할 것임을 성철은 오래전부터 알고 있었다.

어느 날 불필이 찾아와서 성철에게 말했다.

"스님, 파계사 금당선원에서 한 철을 나야겠습니더."

"그래, 가서 답을 얻어온나. 그라믄 무자 화두도 한마디로 끝난다. 공부는 잘되나?"

"정진하고 있습니더."

"정진만 한다고 공부가 되는 기 아니다."

"화두 말고 뭐가 있겠습니꺼."

"와 없어."

"예…?"

"화두를 참구하다 보면 순간순간 마구 경계가 바뀐다. 그럴수록 오직 한 경계만 붙잡고 있어야 하는 기라."

불필이 잠시 생각하다가 말했다.

"온 마음이 화두에 가 있어 화두를 질끈질끈 밟고 다닙니더."

"허허허, 재밌네. 아비는 철망 안에서 화두를 씹고, 딸내미는 걸어 다니면서 화두를 밟고. 이라다 이씨 가문에서 부처가 둘이나 나오는 거 아니가?"

그렇게 말하고 잠시 후 성철은 다시 말을 이었다. 그의 눈이 홍련紅蓮의 붉은 꽃잎에 붙박여 있었다.

"저 꽃을 보아라. 나도 저렇게 되고 싶었다. 왜 연꽃이 붉겠느냐? 지옥의 핏빛을 모두 거두어들여 자기 것으로 했기 때문이다. 승에게 그런 서원이 없고서야 어찌 승이라 할 수 있겠느냐. 피어야 한다. 이 지옥 같은 세상의 핏빛을 모두 거두어들여야 한다. 그것이 승이다. 그것이 연꽃의 존재 이유다."

불필의 화두 참구는 더욱 치열해졌다.

불필은 파계사 금당선방에서 한 철을 보내고 또다시 성철을 찾아왔다. 성철은 반가움을 내색하지 않으면서 불필의 공부가 어느 정도인지 물었다.

"개에게 불성이 우째서 없노?"

"일월동서별日月東西別하니 좌인기이행坐人起而行입니다!"

해와 달이 동서를 구별하니 앉아 있던 사람이 일어서서 가더라는 뜻이다. 성철은 불필의 대답을 되씹었다.

"일월동서별하니 좌인기이행이라…."

성철의 놀란 표정을 보고 불필은 자신의 경지를 인가한 것인지 의아해하며 돌아갔다.

며칠 후 성철은 불필에게 다시 물었다.

"와 개한테 불성이 없노?"

그런데 불필은 전과 달리 아무 말도 하지 않고 빙그레 미소만 짓다가 돌아갔다.

불필이 출가한 지 딱 십 년이 되던 날이었다. 성철은 제자 몇을 불렀다.

"가서 떡 좀 해온나."

자고로 스승은 제자인 비구나 비구니가 경지를 깨치면 파참재罷參齋를 열어 대중에게 공양하고 그 소식을 알린다.

출가한 지 십 년 만에 득도했으면서도 불필은 시침을 딱 떼고 말했다.

"지는 떡 좋아하지 않습니더."

"묵기 싫으믄 니나 묵지 마라."

며칠 후 불필에게 다시 물었다.

"어떤 중이 스승에게, 달마가 서쪽에서 오신 뜻을 물었다. 스승이 '죽은 사람 술상 위에 술이 석 잔'이라고 대답했다. 니 같으믄 어쩔래?"

"지는 곡을 세 번 하겠습니더."

불필은 거침없이 대답했다. 콱 막혔던 의심이 터져버렸으니 못할 대답이 하나도 없음을 그제야 알았다. 지옥 불구덩이에 떨어져도 겁날 게 없다는 표정이었다. 천칠백 가지 화두가 쏟아져도 막힐 것이 없다는 자신감이 이미 그녀에게 솟구치고 있었다.

그제야 성철은 무릎을 딱 쳤다. 불필에게서 깨침의 경지를 본 것이다.

"됐다."

얼마 후 불필은 자만하지 않고 만행을 떠나 전국을 운수납자로 떠돌았다. 당시 그녀의 바랑에는 스님이 지켜야 할 열 가지를 당부하는 〈납자십게衲子十偈〉와 수행인이 경계해야 할 여덟 가지 지침 〈수도팔계修道八戒〉가 들어 있었다. 성철이 수행하면서 직접 쓴 이 글들을 읽으며 만행을 다녔던 것이다. 성철은 그런 불필이 무척 대견했다.

성철이 불필에게 말했다.

"인홍이 있는 석남사로 돌아가거라."

"알겠습니다."

불필은 두말없이 석남사로 가서 삼 년 결사를 시작했다. 막바지에는 장좌불와 수행까지 했다.

결사를 마친 뒤에는 오가리로 들어가 비구니들만이 수행할 수 있는 금강굴을 창건하여 그곳에 들어앉았다. 해인사 산내 암자 중 가야산 주봉이 훤히 보이는 암자였다.

해인사에서 금강굴을 바라보고 섰으면 딸 불필도 그곳에서 자신을 바라보고 있을지 모른다는 생각에 성철은 마음이 흐뭇했다. 세속의 인연이 부처의 인연이 된 것이다. 그날따라 세상을 뜬 일휴, 아니 아내 덕명이 생각났다. 그리움은 어쩔 수 없는 것인가 보다.

"에고, 무슨 인연이기에…."

성철은 처음으로 속가의 딸이 아닌 제자 불필에게 편지를 썼다.

> 이번 생에 마음을 밝히지 못한다면
> 물 한 방울도 소화하기 어려우니라
> 今生未明心 滴水也離消
>
> (…)
>
> 나와 남을 위한 일 착하다 해도
> 모두 생사윤회의 원인이 되나니
> 원컨대 소나무 바람 칡넝쿨 달빛 아래에
> 샘이 없는 조사선을 깊이 관할지어다
> 爲他爲己離微善 皆是輪回生死因
> 願入松風蘿月下 長觀無漏祖師禪

편지를 써놓고 보니 속가의 아내였던 일휴의 모습이 다시 떠올랐다. 석남사의 질긴 수행을 이겨냈을 도반이 거기 있다가 사라졌다. 그때가 61년이던가. 사람을 보내 이혼 도장을 받아오라고 했더니 군말 없이 찍어주었다던 그녀. 그때 중물이 들었음을 알아보았다. 속세에서 울고불고하던 그 아내가 아니었다.

늘 눈물 꼬리를 매달고 살던 사람이었다. 그 눈물 하나 제대로 닦아주지도 못한 채 남편이란 작자가 중이 되겠다고 절간으로 떠나버렸을 때의 고통을 짐작할 수 있을까.

그랬던 아내 덕명이 어엿한 스님의 반열에 올랐다가 어느 날 세상을 떠나버렸다. 어미와 딸이 남편 아닌 한 스승을 섬겼고, 한 율사律師에게서 계를 받았으니 참으로 기이한 인연이었다.

그들이 그러는 동안 나는 무엇을 했던가. 성철은 그런 생각에 사로잡힐 때가 있었다. 그럴 땐 심장이 뻥 뚫린 것 같았다. 자신은 아무것도 한 것 없는 쓸모없는 사람이 되어버린 듯했다. 즉심즉불卽心卽佛, 즉 마음이 곧 부처라고 했지만 이 말을 이해할 사람이 세상에 과연 몇이나 될까.

마음이 곧 부처임을 아는 건 선의 기본이며 원칙이다. 그러므로 승의 길은 외로울 수밖에 없다. 그렇다고 대중 속으로 들어갈 수도 없는 존재가 바로 승이다. 이것은 평생 지고 가야 할 승의 숙명이다. 승은 언제나 혼자여야 하고 모든 인연을 끊어야 한다. 그런 각오로 공부하지 않고 어떻게 부처를 볼 것이며, 깨침을 얻을 수 있으며, 자성을 볼 것인가. 그렇기 때문에 승은 스스로 탁발하고, 옷도 스스로 기워 입어야 한다. 이것이 바로 도를 닦는 바탕이다. 이를 등한시한다면 결코 깨칠 수 없다. 깨침은 얻어지는 것이 아니라 치열한 수행 과정에서 오는 것이다.

승은 잘나서는 안 된다. 알음알이의 사냥꾼이 되어야 한다. 나무꾼도 돌아보지 않는 나무가 되어야 한다. 잘난 승은 세상이 놓아주지 않는다. 세상에 먹히면 그 시간부터 수행은 끝이다. 절대 세속과 대중에 먹혀선 안 된다. 이 세상에 잘난 승은 없다. 오직 하심이다. 자신을 보려면 삼천배를 하라고 대중에게 말했던 건 바로 그 때문이다.

그동안 성철은 늘 깨침과 닦음의 문제를 분명히 해왔다. 돈오점수와 돈오돈수가 그것이다. 종조를 부정하면서까지 보조 국사의 돈오점수로는 결코 깨달음을 얻을 수 없다는 이론을 펼친 것도 그 때문이었다. 돈오돈수만이 깨침의 도구임을 확실히 해왔다. 그리하여 "자기를 바로 보자"고 주장했다. "부처님 말씀을 가슴에 새기고 실천하자"고 외쳤다.

통영 천제굴에 있을 때 어떤 신도가 찾아와서 말했다.

"스님, 제 남편은 저를 애꾸로 만들지 않았어도 저는 삼십년 동안 남편하고 말도 안 하고 삽니더."

성철의 아버지가 놋재떨이를 던지는 바람에 성철 어머니

의 한쪽 눈이 먼 이야기를 알고 하는 말이었다.

“어떻게 삼십 년 동안 살 맞대고 살면서 말을 안 할 수 있노?”

들어보니 별것도 아니었다. 이제 살 만하니까 남편이 첩을 얻었다. 살림이고 뭐고 싹 쓸어가버리는 바람에 혼자 힘으로 두 자식을 키웠다는 것이다. 그동안 자신이 한 고생을 생각하면 이를 악물게 되고 말도 하기 싫었다고 했다.

성철은 신도에게 말했다.

“불법이 뭐꼬. 사랑이다. 사랑이 뭐꼬. 용서다. 예수쟁이들이 원수를 사랑하라고 한 것도 못 들었나? 그라지 말고 지금 이 길로 법당에 가서 삼천배를 해라. 절하면서 단디 생각해봐라. 니 자신을 생각해봐라 그 말이다.”

그날 신도는 밤을 새워 삼천배를 하고 초주검이 되어 찾아왔다.

“했나?”

“했습니다.”

죽다가 살아났다는 표정으로 신도가 대답했다.

“용하네. 그래 어떻노?”

“눈물이 많이 납디더.”

“와?”

“내 인생이 와 이렇노 싶어서….”

“니 인생이 어때서?”

“지난날 그 더러븐 인간에게 속아서 산 생각을 하믄…. 그란데 생각해보니 이해도 갑디더.”

“그래?”

“나한테 책임도 있지 싶고….”

“맞다. 니한테도 잘못이 있다는 걸 알겠제? 그 사람도 본디 착한 사람인 기라. 부처님은 본래본법성이라고 하싰다. 남편도 본래 부처님과 다름없는 착한 사람인 기라.”

“맞십니더. 한참 절하다 보니 그 사람 얼굴이 부처님 얼굴로 보입디더.”

“하하, 삼천배 덕을 오지게 봤네. 그래 그기다. 니 서방이 부처고 니가 부처다. 그라니까 돌아가서 술하고 안주 장만해서 작은마누라한테 가라. 부엌에 가서 손수 상을 봐 영감한테 올리고 큰절을 해라. 그런 다음 무조건 ‘지가 잘못했습니더’ 하고 빌어라.”

신도는 한동안 아무 말 없이 그저 눈물만 주르륵 흘렸다.

“무조건 해봐라. ‘생각해보니 내 허물이 큽니더. 용서하이소’라고. 지도 인간이믄 가만있겄나.”

“알겠습니더.”

그 신도는 성철의 말대로 시장에서 장을 보고 음식을 장만해 남편에게 올렸다. 그동안 눈길 한번 주지 않던 아내의 바뀐 태도에 남편은 무척 당황했다.

"어떻게 된 기고? 이기 진짜 미쳐버린 거 아니가."

신도가 남편에게 말했다.

"지난 일 생각해보니 내 잘못도 없는 기 아닙디더. 그간 못난 여편네하고 산다꼬 마음고생이 얼마나 많았겠능교. 요 위 토굴에서 공부하시는 스님한테 갔더니 당신같이 착한 사람이 없다고 하대예. 당신이 바로 부처라고…."

다음 날 신도의 남편이 토굴로 올라왔다. 성철은 그에게 사람의 겉모습만 보지 말고 본래 성품을 보라고 타이르며 모든 사람이 부처님이라고 가르쳤다.

"이보게, 보살계에 보면 '사람의 본성이 바로 부처의 본성과 같다'는 말이 있데이. 중생이 죄를 저질러도 겉보기만 그럴 뿐 실제는 보현보살 진법계眞法界라는 말이제."

훗날 신도의 남편은 진주 신도회 회장까지 맡을 정도로 불심이 깊어졌다.

그날 성철은 그 사람의 모습에서 속가의 아버지를 떠올렸다. 그토록 출가를 반대했던 아버지가 승복을 입은 성철을 보면서 말씀하셨다.

"니는 역시 내 아들이다."

그길로 아버지는 경호강에 쳐둔 그물을 걷고선 다시는 살생을 하지 않았다. 이것이 바로 인간의 본성이다. 모든 중생은 본디 자성이 청정하기에 자신의 자성을 보면 부처가 될 수 있다. 아버지는 아들인 성철에게서 부처를 보았던 것이다. 그리고 얼마 후 편안히 세상을 떴다.

환갑잔치에 장남이 없다며 울던 아버지는 내 아들이 부처가 되었다고 자랑하면서 생을 마쳤다.

깊은 밤 성철은 아버지를 생각하며 1981년 부처님오신날 법어를 써 내려갔다.

모든 생명을 부처님과 같이 존경합시다. 만법의 참모습은 둥근 햇빛보다 더 밝고, 푸른 허공보다 더 깨끗하여 항상 때묻지 않습니다. 악하다, 천하다 함은 겉보기일 뿐 그 참모습은 거룩한 부처님과 추호도 다름이 없어서 일체가 장엄하며 일체가 숭고합니다. 그러므로 천하게 보이는 파리, 개미는 물론 악하게 뛰는 이리, 호랑이들까지도 부처님과 같이 존경해야 하거늘, 하물며 같은 무리인 사람들끼리는 더 말할 것도 없습니다. 살인과 강도 등을 저지른 극악 죄인을 부처님과 같이 공경할 때 비로소 생명의 참모습에 눈뜨게 되고 참다운 생활을 하게 되는 것입니다. 이리하여 광대한 우주를 두루 보아도 부처님 존재 아님이 없으며 부처님 나라 아님이 없어서, 모든 불행은 자취도 찾아볼 수 없고 오직 영원한 행복이 있을 뿐입니다. 우리 서로 모든 생명을 부처님과 같이 공경합시다.

집집마다 부처님이 계시니 부모님입니다. 첫째로 내 집에 계시는 부모님을 잘 모시는 것이 참불공입니다. 거리마다 부처님이 계시니 가난하고 약한 사람들입니다. 이들을 잘 받드는 것이 참불공입니다. 발밑에 기는 벌레가 부처님입니다. 보잘것없어 보이는 벌레들을 잘 보살피는 것이 참불공입니다. 머리 위에 나는 새가 부처님입니다. 날아다니는 생명들을 잘 보호하는 것이 참불공입니다.

넓고 넓은 우주, 한없는 천지의 모든 것이 다 부처님입니다. 수없이 많은 이 모든 부처님께 정성을 다하여 섬기는 것이 참불공입니다. 이리 가도 부처님, 저리 가도 부처님, 부처님을 아무리 피하려고 하여도 피할 수가 없으니 불공의 대상은 무궁무진하며, 미래겁이 다하도록 불공을 하여도 끝이 없습니다. 이렇듯 한량없는 부처님을 모시고 항상 불공하며 살 수 있는 우리는 행복합니다.

법당에 계시는 부처님에게 한없는 공양구를 올리고 불공하는 것보다 곳곳에 계시는 부처님들을 잘 모시고 섬기는 것이

억천만 배의 비교할 수 없는 많은 공덕이 있다고 석가세존은 가르쳤습니다.

이것이 불보살의 큰 서원이며 불교의 근본입니다. 우리 모두 이렇듯 거룩한 법을 가르쳐주신 석가세존께 깊이 감사하며 항상 불공으로 살아갑시다.

불국토를 위해

1

어제가 겨울인가 싶었는데 벌써 봄, 만물이 소생하는 계절이다. 눈길이 머무는 곳마다 푸르른 기운이 흐르는 것 같다.

모처럼 불교계 원로들이 한자리에 모였다. 그 자리에서 향곡 스님에 관한 말이 나왔다.

"향곡을 생각하믄 아직도 이래 마음이 아프다."

성철의 말에 한 원로가 곁에 있다가 물었다.

"향곡당과 한참을 다투었다면서요?"

"어데."

"어떻게 된 일인가요?"

"글마도 황소고집 아니가. 아무래도 이상해서 한번은 내가 물었지. '니 오매일여가 성성하나?' 그라니까 대뜸 '오매일여가 어딨어' 하는 기라. 참 환장하겠데. '와 없노?' 하니까 오매일여는 '양두구육羊頭狗肉 같은 거야' 하는 기라."

"양두구육?"

원로 스님들이 뜻을 생각하며 뇌까렸다.

"맞다, 양두구육. 양을 걸어놓고 개고기를 파는 것이나 마찬가지다 하는 말이지. 그래서 내 한마디했어. '그람 니는 개고기나 처먹어라.' 그라니까 향곡 그놈이 성질이 있어서 '이놈이 뭐라고?' 하며 내 멱살을 잡는 기라. 한참 싸우다 보니 참 실없다 싶은데 둘이 고마 웃고 말았는 기라. 그때 하늘은 와 그렇게 푸르고 높았을꼬."

"청담 스님과도 싸우신 적이 있다던데요?"

스승을 따라온 젊은 스님이 재미있다는 듯 끼어들었다.

"그라고 보니 청담하고 닮았네."

성철의 말에 젊은 스님이 웃었다.

"예, 그런 말 많이 듣십니더."

"고향이 어데고?"

"마산입니더."

"청담 스님 잘 아나?"

"도선사 계실 때 한 번 뵈었습니더."

"그래? 청담 스님은 나보다 열 살이나 위였어."

"그래도 친구처럼 지내셨지요?"

젊은 스님을 데려온 원로 스님이 물었다.

"내가 참 버릇이 없었지. 그래도 우리는 친구처럼 잘 지냈다. 하루는 도선사에 가보니 꼭 무당 절 같더라고. 사십구재를 하는데 난리가 아니야. 목탁과 징이 울고 반야용선이 두둥실 떴고…. 그래서 내가 청담 스님한테 이게 기복신앙 아니면 뭐냐고 물었지. 그제야 청담 스님이 정신이 번쩍 들었나 보아. 요새 이러지 않으면 누가 절에 오냐고 하면서도 재빨리 고치더라고. 그 사람 내 말은 참 잘 들었다. 그 후로 불교 정화가 잘됐으니까. 생각해보믄 다 여러 스님네들 덕분에 오늘날 한국 불교가 이만큼이라도 됐지. 아직 갈 길이 멀지만은…."

"성철 스님, 부디 만수무강하시어 이 나라 불법을 바로 세우셔야지요."

"아니다. 우리 모두가 노력해야 한다. 그래서 이래 모인 거 아니가. 하기야 모이는 게 능사는 아니지. 각자가 서 있는 자리에서 제 할일 똑바로 하는 게 산승의 임무다. 그래서 모이라고 한 기라. 갈 날이 얼마 남지 않아서 그런가 요즘은 자주 우리가 후세에 무엇을 해줄 수 있을까 생각하게 되는데 나만 그런 긴지 모르겠네."

"맞습니다. 승려들 교육 문제가 시급하지요."

원로 스님 하나가 고개를 주억거리며 말했다.

"시급한 정도가 아니제. 절집 기왓장을 팔아서라도 승려들을 가르쳐야 하는데 잘 안되니 큰일인 기라. 승려 자질이 다 교육에서 나오는데 하나같이 장사하는 절이 되어가고, 신도들 꾀어 천도재 올릴 생각이나 한다. 이게 다 무엇 때문이겠노. 자질 문제인 기라."

그때 그 자리에 있던 신문기자가 나섰다.

"큰스님, 말씀이 예사롭지 않습니다."

"와? 내 말이 틀렸나?"

"…."

익히 들어서 성철의 성질머리를 알고 있었지만 너무 강경한 발언이었다. 기자들은 기삿거리를 찾는 습성이 있었고 그는 불교계에 관심이 많았다.

"목에 칼이 들어와도 할말은 해야제. 언제까지 이러고 있을 거고. 기자들도 반성 많이 해야 된다. 장사꾼이나 다름없이 국민 호주머니 터는 중이라믄 세금 무서운 줄 모르고 호의호식하는 권력가하고 뭐가 다르노. 띄우고 감싸지만 말고 꼬집어서 발전이 있도록 좀 해봐라. 나 같은 사람 포장이나 하지 말고. 그래서 남는 기 뭐고? 세상 사람들 눈이나 가리는 기지. 안 그렇나?"

"죄송합니다. 마음에 새기겠습니다."

기자가 부끄럽다는 듯 고개를 푹 숙이면서 대답했다.

"그나마 모 신문사에서 신심을 좀 보였더라. 법정 스님을 내세워서 왔더구마. 이것저것 묻는데 인터뷰를 해놓고 보니 내가 너무 말이 많았나 싶데. 진리를 위해서는 일체를 희생한다는 게 요지였는데…. 그라고 보면 법정도 질긴 데가 있어. 그래도 그런 신심들이 도움이 되지.

이번에는 자네 신문사에서 신심을 한번 보이봐라. 작년에 나온 기사를 보니 부처님 모습이나 크게 해놓고 기사는 그 반도 안 되데. 단상에 앉혀놓은 불상이 부처님이 아니다. 진짜 부처를 실어야 한다. 진정한 부처는 우리 마음속에 있다. 그 마음속 부처에 경배해야 한다. 그라고 말이다. 한국 불교가 나아갈 길을 위해 모두가 함께 마음 바쳐서 노력해야 한다."

원로 스님들이 하나같이 고개를 끄덕였다.

"그런 의미에서 요번 부처님오신날에는 잘 좀 써봐라. 판에 박힌 듯이 하지 말고…."

"명심하겠습니다, 큰스님!"

2

부처님오신날을 앞두고 김지견 박사가 신문에 낼 기사를 쓰기 위해 백련암에 왔다. 신문사에서 원로회의에 참석했던 기자의 말을 반영해 기자 대신 불교 전문가를 보낸 것이다. 신문사에서는 성철을 만나기 위해 삼천배도 불사한 인물을 골랐는데 그가 바로 김지견 박사였다. 한때 출가하여 수행했던 그는 이제 한국 불교문헌학의 선구자가 되어 있었다.

"큰스님, 오랜만에 뵙습니다."

"어서 오소. 건강해 보이네."

"예, 건강합니다."

"어떻게 지내시오?"

"스님의 은덕으로 하루하루가 행복합니다."

"그래야제."

"이번 초파일을 기해 스님의 고견을 듣고자 이렇게 왔습니다."

"하이고, 한 해도 그냥 넘어가질 않네."

"불쌍한 중생들에게 한말씀 내려주십시오."

성철이 손을 내저었다.

"중생이 어딨노. 그들이 다 부처다. 내가 대승이 못 돼 여서 수행하고 안 있나. 그러니 내가 중생이지. 그들의 본래면목이 다 부처다."

김지견이 고개를 끄덕였다.

"깊이 새기겠습니다."

"그걸 모르니 중생이 자꾸 불쌍해지는 기다. 부처님이 와 우리 곁에 왔겠노. 부처님의 몸뚱이가 온 것이 소중한 게 아니라 그의 정신이 소중한 것 아니가. 나는 그의 정신을 말하는 기다. 모든 것을 버리라고, 미망과 어둠으로부터 벗어나라고. 한순간에 깨쳐서 영원히 진리의 여울 속에 있으라고…. 그러려면 무엇을 봐야겠노. 바로 중도다. 중도를 알면 부처가 바로 보인다."

1983년 사월초파일 세상을 향한 그의 법어가 쏟아지자 세상이 들끓었다. 산승의 말이 심상치 않았기 때문이다.

중도가 부처님이니 중도를 바로 알면 부처님을 봅니다.

중도는 중간 또는 중용이 아닙니다.

중도는 시비선악是非善惡 등과 같은 상대적 대립의 양쪽을 버리고 그의 모순, 갈등이 상통하여 융합하는 절대의 경지입니다. 시비선악 등의 상호 모순된 대립, 투쟁의 세계가 현실의 참모습으로 흔히 생각되고 있지만 이는 허망한 분별로 착각된 거짓 모습입니다.

우주의 실상은 대립의 소멸과 그 융합에 있습니다. 시비是非가 융합하여 시가 즉 비요, 비가 즉 시이며, 선악이 융합하여 선이 즉 악이요, 악이 즉 선이니 이것이 원융무애한 중도의 진리입니다.

자연계를 구성하고 있는 근본 요소인 에너지와 질량을 근간까지는 서로 다른 두 개의 존재로 생각하며 왔습니다. 그러나 과학이 고도로 발달함에 따라 에너지와 질량은 서로 다른 것이 아니라 일체에서 에너지가 질량이며 질량이 에너지임이 입증되었으니 이것이 중도의 한 원리입니다.

자연계뿐만 아니라 우주 전체가 모를 때에는 제각각으로 보이지만은 알고 보면 모두 일체입니다. 착각된 허망한 분별인 시비선악 등을 고집하여 버리지 않으면 상호 투쟁은 늘 계속되어 끝이 없습니다.

만법이 혼연융합한 중도의 실상을 바로 보면 모순과 갈등, 대립과 투쟁은 자연히 소멸되고 융합자재한 일대단원一大團圓이 있을 뿐입니다.

악한과 성인이 일체이며, 너 틀리고 내 옳은 것이 한 이치이니, 호호탕탕한 자유세계에서 어디로 가나 웃음뿐이요, 불평불만은 찾아볼 수 없습니다.

대립이 영영 소멸된 이 세계에는 모두가 중도 아님이 없어서 부처님만으로 가득 차 있으니, 이 중도실상中道實相의 부처님 세계가 우주의 본모습입니다.

우리는 본래로 평화의 꽃이 만발한 크나큰 낙원에서 살고 있습니다. 시비선악의 양쪽을 버리고 융합자재한 이 중도실상을 바로 봅시다. 여기에서 우리는 영원한 휴전을 하고 절대적 평화의 고향으로 돌아갑니다.

삼라만상이 일제히 입을 열어 중도를 노래하며 부처님을 찬양하는 이 거룩한 장관 속에서 손에 손을 맞잡고 다같이 행진합시다.

불의 얼굴

1

육명심이라는 사진작가가 있다. 사진계의 일반적 통념을 깨고 자신만의 세계를 구축해온 독보적 인물이다. 그가 성철을 찍기 위해 해인사에 올랐다. 성철의 독특한 면을 렌즈에 담기 위해서였다.

성철은 사진사가 찾아왔다는 말에 그의 이력을 들어보고는 삼천배를 하라는 말도 없이 그를 맞았다.

"내 꼬라지를 찍겠다고?"

육명심의 시선이 흔들렸다. 그가 늘 찍어오던 평범한 일반인이 아니었다. 나를 버리기 위해 모든 것을 버린 사람이 거기에 있었다.

"예, 스님 모습을 렌즈에 담으러 이렇게 왔습니다."

"그거 어디 쓸라고? 그만한 가치가 있나?"

"불상이 왜 있겠습니까. 부처님 살아 계실 때 사진 기술이 있었다면 얼마나 좋았을까요? 사진이 없으니 지금의 불상이 있는 겁니다."

"와하, 재밌네. 맞다. 그람 한번 찍어봐라."

성철은 자세를 잡았다. 카메라를 들이대던 육명심이 셔터를 누르려다가 고개를 내저었다.

"안 되겠습니다."

"와?"

"눈두덩이 많이 부었습니다."

"눈두덩?"

성철이 눈두덩을 만져보다가 고개를 끄덕였다.

"내가 신장이 좀 안 좋다. 그렇다고 사진을 안 찍어?"

"나중에 다시 오겠습니다."

"그라믄 날이 풀리믄 오니라. 사월 초파일에."

"알겠습니다."

그러나 약속한 날에 육명심은 나타나지 않았다. 삼천배를 올리고도 못 만나는 성철과의 약속을 그는 그렇게 미루어버렸다. 훗날 그는 이런 말을 남겼다.

"사진은 렌즈에 담는 것만이 아니다. 오히려 내 육안의 망막으로 찍는 무집착의 촬영법이 최선일 수도 있다. 사진작가로서 욕심과 집착을 버리고 마음으로 사진을 찍었던 내 생애 최고의 순간이었다."

육명심 대신 다른 사진작가가 찾아왔다. 그가 보니 성철의 눈두덩은 더 부어 있었다. 젊은 날 엄격한 수행의 후유증으로 신장이 계속 나빠지고 있었다. 그러나 성철은 십 년 남짓 계속해온 가야산 포행을 마다하지 않았다. 일과도 그대로였다.

2

1987년 4월 23일, 성철은 다음과 같은 법어를 내렸다.

석가는 원래 큰 도적이요
달마는 작은 도적이다
서천西天에 속이고 동토東土에 기만하였네
도적이여 도적이여!
저 한없이 어리석은 남녀를 속이고
눈을 뜨고 당당하게 지옥으로 들어가네
한마디 말이 끊어지니 일천성의 소리가 사라지고

한칼을 휘두르니 만리에 송장이 즐비하다

알든지 모르든지 상신실명喪身失命을 면치 못하리니

말해보라 이 무슨 도리인가!

작약꽃에 보살의 얼굴이 열리고

종려잎에 야차의 머리가 나타난다

목 위의 무쇠간은 무게가 일곱 근이요

발밑의 지옥은 괴로움이 끝없도다

석가와 미타는 뜨거운 구리 쇳물을 마시고

가섭과 아난은 무쇠를 먹는다

몸을 날려 백옥 난간을 쳐부수고

손을 휘둘러 황금 줄을 끊어버린다

산이 우뚝우뚝 솟음이여 물은 느릿느릿 흐르며

잣나무 빽빽함이여 바람이 씽씽 분다

사나운 용이 힘차게 나니 푸른 바다가 넓고

사자가 고함지르니 조각달이 높이 솟았네

알겠느냐 1 2 3 4 5 6 7 이여

두견새 우는 곳에 꽃이 어지럽게 흩어졌네

억!

《조선일보》와 《경향신문》에 이 법어가 실리자 또다시 세상이 시끄러웠다. 시대정신을 상실한 법어라고 비난했으며, 석가모니의 존재를 훼손하는 것이라는 말까지 나왔다. 선종의 우두머리가 석가를 도둑으로 몰았으니 이제 한국 선불교에는 미래가 없다고 나불거리는 사람들도 있었다.

성철이 석가모니를 도적이라고 표현한 데는 그만한 이유가 있었다. 어리석음으로 인해 지옥에 빠진 중생을 구제하기 위해 때로는 도적이 되어 지옥에라도 간다는 의미였다. 다시 말하면, 진리는 말로 표현할 수 없기에 도적이라고 했던 것이다.

성철을 비난하는 이들은 그 속에 담긴 격외格外의 깊은 뜻을 알지 못하고 단순히 석가모니를 도적이라고 표현했다는 이유로 성철을 비난했다. 심지어 선종의 적이라고까지 지탄했다. 하긴 유치원생에게 고등수학을 가르칠 수는 없는 일이었다.

성철은 날마다 법문을 쏟아냈다.

> 사탄이여! 어서 오십시오.
>
> 나는 당신을 존경하며 예배합니다.
>
> 당신은 본래로 거룩한 부처님입니다.

사탄과 부처란 허망한 거짓 이름일 뿐

본모습은 추호도 다름이 없습니다.

사람들은 당신을 미워하고 싫어하지만

그것은 당신을 모르기 때문입니다.

당신을 부처인 줄 알 때에

착한 생각 악한 생각 미운 마음 고운 마음 모두 사라지고

거룩한 부처의 모습만 뚜렷이 보게 됩니다.

그리하여 악마와 성인을 다 같이

부처로 스승으로 부모로 섬기게 됩니다.

여기에서는 모든 대립과 갈등은 다 없어지고

이 세계는 본래로 가장 안락하고 행복한 세계임을 알게 됩니다.

일체의 불행과 불안은 본래 없으니

오로지 우리의 생각에 있을 뿐입니다.

우리가 나아갈 가장 근본적인 길은

거룩한 부처인 당신의 본모습을 바로 보는 것입니다.

당신을 부처로 바로 볼 때 온 세계는

본래 부처로 충만해 있음을 알게 됩니다.

더러운 뻘밭 속에 아름다운 연꽃이 가득 피어 있으니

참으로 장관입니다.

아! 이 얼마나 거룩한 진리입니까?

이 진리를 두고 어디에서 따로 진리를 구하겠습니까?

이 밖에서 진리를 물으면

물속에서 물을 찾는 것과 같습니다.

당신을 부처로 바로 볼 때 인생의 모든 문제는

근본적으로 해결됩니다.

선과 악으로 모든 것을 상대할 때

거기에서 지옥이 불타게 됩니다.

선악의 대립이 사라지고 선악이 융화 상통할 때

시방세계에 가득히 피어 있는 연꽃을 바라보게 됩니다.

연꽃마다 부처요 극락세계 아님이 없으니

이는 사탄의 거룩한 본모습을 바로 볼 때입니다.

울긋불긋 아름다운 꽃동산에 앉아서

무엇을 그다지도 슬퍼하는가.

벌 나비 춤을 추니 함께 같이 노래하며 춤을 추세.

성철의 법문은 거침이 없었다.

'사만인四瞞人'이라는 선문답이 있다. '네 번 속임'이라는 뜻이다.

보복保福 스님이 도반에게 물었다.

"이 법당에는 어떤 부처님이 모셔져 있는가?"

"스님께서 직접 보십시오."

"석가모니 부처님이구먼."

"사람을 속이지 마십시오."

"그대가 도리어 나를 속인 것이다."

보복 스님이 함택咸澤 스님에게 물었다.

"이름이 무엇이오?"

"함택입니다."

"오호 연못이라는 뜻이렷다?"

"맞습니다."

"바싹 메말랐구먼."

"누가 마르게 합니까?"

"내가 그렇게 하지."

"사람을 속이지 마십시오."

"그대가 도리어 나를 속인다."

보복 스님이 도반에게 물었다.

"무슨 업을 지었기에 덩치가 큰가?"

"스님께서도 작지 않군요."

보복 스님이 몸을 작게 보이기 위해 몸을 웅크렸다.

"사람을 속이지 마십시오."

"그대가 도리어 나를 속인다."

보복 스님이 욕탕 소임을 보는 스님에게 물었다.

"욕탕 물을 끓이는 가마솥 크기가 얼마나 되는가?"

"직접 재보시지요."

보복 스님이 가마솥을 재보는 시늉을 하자, 욕탕 소임을 보는 스님이 말했다.

"사람을 속이지 마십시오."

"그대가 도리어 나를 속인다."

진리는 말로 표현할 수 없음을 통렬하게 꼬집은 선문답이었다. 부처님이 가섭에게 법을 전할 때 꽃 한 송이로 대신한 것이나, 평생 중생에게 진리를 설해놓고도 단 한 번도 설한 바 없다고 한 이유도 바로 여기에 있다. 그림으로 그린 밥 한 그릇은 단지 그림일 뿐 먹을 수 있는 밥이 아니다. 아무리 그 밥을 보고 있어도 배가 부르지 않은 이치와 같다. 성철은 바로 이 점을 이야기한 것이다.

성철이 세상에 내놓는 법문마다 이러니 불교계 내에서도

말이 많았다. 뜻있는 이들은 성철의 희망이 뭔지 아느냐고 묻기까지 했다.

하루는 제자가 법문을 듣고 성철에게 물었다.

"도대체 그기 무슨 말씀입니꺼?"

"우리의 본모습이다. 우리의 본모습이 사탄이고 부처라는 말이다. 도대체 뭐가 달라. 추호도 다름이 없는 기라. 부처님은 지금도 분별지分別智의 허망함을 설파하고 계시다, 그 말인 기라."

하지만 성철을 이단시하는 사람들의 반론도 만만치 않았다. 그들은 성철이 학승에 지나지 않으면서 선승인 체하는 것부터가 위선적이라고 했다. 자신은 줄기차게 경을 읽고 글을 쓰고 책을 내면서도 제자들에겐 문자를 멀리하라고 가르치는 것이 올바른 가르침이냐고 반문했다. 심지어 오래전부터 이어온 종조를 부정하는 이가 어떻게 돈오돈수를 설파할 수 있느냐고 투덜거렸다. 아무리 그의 수행이 깊다고 해도 행동에는 문제가 있다고 강하게 비판했다. 이런 마당에 그의 장좌불와 수행과 면벽 수도가 무슨 소용이냐는 말이었다.

예부터 선가에 내려오는 '분별지'라는 선구禪句가 있다. 이것은 너는 너, 나는 나라는 분별 의식을 말한다. 동서가 다르고, 남북이 다르고, 남자와 여자가 다르고, 이것과 저것이 다르다 하며 인식의 차이를 가지는 의식이 바로 분별지다.

해탈에 이르기 위해서는 반드시 분별지를 넘어서야만 한다. 그래야 존재하는 모든 것이 하나로 연결되어 내가 나라는 자아自我가 소멸되고 남을 향한 참다운 자비와 사랑이 생긴다. 말하자면 남이 나와 다르지 않음을 인식하는 것이 자비이고 사랑이라는 것이다.

내 몸처럼 남을 아끼고 사랑하면 어떻게 되는가. 말할 것도 없이 남도 나를 아끼고 사랑하게 된다. 이것이 곧 진리이다. 그래서 선가에서는 분별지를 버려야만 깨침을 구할 수 있다고 했다.

기도와 수행은 내가 지은 업을 지우고 끊기 위해 하는 것이다. 이것이 이루어지면 어떤 일 앞에서 주관에 의지하지 않고 객관적으로 판단한다. 그렇게 되었을 때 부처도 넘어서고 조사도 넘어서게 된다. 이것이 '법의 넘어섬'이다. 그러므로 석가모니가 도적이고 성자인 것이다. 그러니 주관으로 모든 것을 분별하고 판단하지 말아야 한다.

성철의 가르침은 바로 이것을 말하고 있었다.

3

어느새 성철의 나이 여든에 접어들면서 기력도 많이 쇠했다. 하루해가 기울어가듯 생의 그림자가 급격하게 짧아지고 있었다. 그 정정했던 가야산 호랑이가 가사 자락 안에서 늙어가고 있었다. 본디 삶이란 무상하다. 젊은 날 혹독히 수행한 여파로 관절염이 다시 도졌고 가슴 부위가 아팠다. 심장질환이 의심되어 제자들이 심장 전문의 서정돈 박사에게 모시고 갔다.

박사가 말했다.

"부정맥 증세가 있습니다."

제자가 물었다.

"박사님, 어떻게 치료해야 합니까?"

"지금으로선 심장박동조절기를 다는 수밖에 없습니다."

제자들 앞에서 스승은 언제나 당당하고 거침이 없었다. 그런 스승이 기력을 잃어가고, 더구나 심장박동조절기를 달고 살아야 한다…. 하늘이 무심하기도 하지. 하나같이 넋이 나간 표정이었다.

성철은 그 소리를 듣고 펄쩍 뛰었다.

"마 관둬라."

서정돈 박사가 설득에 나섰다.

"간단한 수술입니다. 눈 나쁜 사람이 안경 쓰는 것이나 다를 바 없으니 굳이 고생하실 이유가 없습니다."

힘들게 수술을 허락받았다. 수술이 끝나고 제자들이 박사에게 물었다.

"괜찮겠지요?"

아무래도 심장 쪽이라서 걱정이 되었다.

"각오는 하셔야 합니다."

박사의 말에 제자들은 얼어붙는 듯했다. 그 정정하던 스승에게도 죽음이 다가온다는 사실이 좀처럼 믿어지지 않았다.

깨침에 대한 성철의 집념은 심장박동조절기를 가슴에 단 후에도 전혀 식지 않았다. 제자들이 공부를 점검받으러 오면 더욱 눈을 빛내며 물었다.

"내하고 말하는 중에도 화두가 성성하나?"

무서운 질문이었다.

"예, 성성합니다."

"그래? 잠잘 때는 어떻노?"

"역시 성성합니다."

"꿈속에서도?"

"그렇습니다. 이제 무서울 게 없습니다."

"그렇다면 니가 자만에 빠진 기다. 자만이 너의 화두를 먹어버린 기다."

성철은 제자를 질타하며 몽둥이로 내쫓을 정도였다.

어느 날 성철보다 나이 많은 스님이 와서 역시 똑같은 대답을 했다. 성철의 방망이는 자비가 없었다. 늙은 스님은 몽둥이로 맞고 엎어져 눈물을 흘렸다.

"화두를 다시 받고 시작해보겠는가?"

"그리 하오리다."

이렇게 성철은 깨침의 문제에 대해서만은 터럭만큼도 허투루 하지 않았다. 그러는 사이에도 건강은 시나브로 나빠지고 있었다.

요양을 위해 처소를 옮기기도 했으나 별반 차도가 없었다. 제자들과 신도들이 온갖 정성을 다했음에도 나빠진 심장은 갈수록 쇠약해졌다. 세월 앞에 장사 없으니 오면 가는 것이 자연의 이치요 생사의 법칙이었다.

자기를 바로 봅시다

1

꽃이 향기로우면 벌 나비가 모여드는 법이다. 성철의 대오는 이제 그만의 것이 아니었다. 그를 찾는 발길로 가야산은 숨이 찰 지경이었다.

법상에서 내려온 성철이 먼산을 바라보는데 한 노승이 찾아와 무릎을 꿇었다.

"저를 모르시겠습니까?"

"누군교?"

"옛날 금어선원에서 뵈었지요."

스쳐가는 환영이 있었다. 그 스님이었다. 결제에 패배하고 아내가 있는 집으로 간다고 했던가?

"생각이 나는구나. 그날의 죽비 화상!"

노승의 얼굴에 함박웃음이 실렸다.

"스님께서 종정이 되신 후 늘 그리워했습니다. 이제 죽을 날을 기다리는 나이가 되었습니다. 너무 오래 살았지요. 아마 스님을 만났을 때가 예순을 바라보던 나이였을 것입니다. 이 나이가 되도록 오직 부처님의 염화미소拈花微笑만 붙잡고 살았는데… 아직도 잘되지 않으니 말입니다."

"염화미소, 부처님의 알 듯 모를 듯한 미소라…."

"그렇습니다. 세존께서 꽃을 들었지요. 가섭이 왜 웃었는지 저는 지금도 의심하고 있습니다."

성철이 고개를 끄덕였다.

"그거 국민학교 책에도 나온다. 이심전심 아니가. 그런데 그 위에 뭐가 있다? 그람 너무 길다. 그냥 '가섭이 왜 웃었나?' 그걸 의심하믄 되지."

문득 혜안이 열린 노승이 그 자리에서 엎어졌다.

"감사합니다. 이젠 죽어도 여한이 없습니다."

성철이 노승에게 말했다.

"자신을 바로 보이소. 그기 정답입니더."

2

시줏밥이나 얻어먹으면서 돌아다니던 노승은 아침에 일

어나서 백련암 공양주에게 말했다.

"시주 받기도 힘들 텐디 내 아침 공양은 준비하지 말아."

공양주가 의아해서 되물었다.

"어디 가시게요?"

"뒷산에 볼일이 좀 있구먼."

노승의 볼일이란 것이 자화장自火葬인 걸 아무도 알지 못했다.

그는 뒷산에 올라가 장작개비를 쌓은 후 기름을 붓고 그 위에 앉았다. 기름 냄새와 연기에 놀라 부목이 달려갔을 땐 이미 장작개비에 붙을 붙인 상태였다. 불은 그의 육신에 옮겨붙어 하늘로 활활 치솟고 있었다. 세속인이었으면 뜨거운 불길을 참지 못해 장작개비를 무너뜨리며 데굴데굴 굴렀겠지만 그는 조금도 움직이지 않았다. 두 손을 가지런히 합장한 상태였는데 한 치 흐트러짐도 없었다.

남들이 아득바득 살려고 몸부림칠 때 이곳저곳 선방이나 기웃거리며 뒷방 신세를 졌다. 그의 경지를 알아보고 조실로 모시려고 한 절간도 있었으나 자신의 마음자리를 살펴보겠다며 극구 사양한 노승이었다. 그런 그가 자화장을 치렀다.

그의 자화장을 지켜보던 한 스님이 하늘을 향해 탄식을

쏟아냈다.

"화중생련火中生蓮이로다!"

불 속에서 연꽃이 피었다는 말이다.

그의 바랑을 열어보았더니 성철의 1982년 법문이 나왔다.

자기를 바로 봅시다.

자기는 원래 구원되어 있습니다.

자기가 본래 부처입니다.

자기는 항상 행복과 영광에 넘쳐 있습니다.

극락과 천당은 꿈속의 잠꼬대입니다.

자기를 바로 봅시다.

자기는 시간과 공간을 초월하여 영원하고 무한합니다.

설사 허공이 무너지고 땅이 없어져도 자기는 항상 변함이 없습니다.

유형, 무형 할 것 없이 우주의 삼라만상이 모두 자기입니다.

그러므로 반짝이는 별, 춤추는 나비 등등이 모두 자기입니다.

자기를 바로 봅시다.

모든 진리는 자기 속에 구비되어 있습니다.

만약 자기 밖에서 진리를 구하면,

이는 바다 밖에서 물을 구함과 같습니다.

자기를 바로 봅시다.

자기는 영원하므로 종말이 없습니다.

자기를 모르는 사람은

세상의 종말을 걱정하며 두려워하고 있습니다.

자기를 바로 봅시다.

자기는 본래 순금입니다.

욕심이 마음의 눈을 가려 순금을 잡철로 착각하고 있습니다.

나만을 위하는 생각은 버리고 힘을 다하여 남을 도웁시다.

욕심이 자취를 감추면 마음의 눈이 열려서

순금인 자기를 바로 보게 됩니다.

자기를 바로 봅시다.

아무리 헐벗고 굶주린 상대라도 그것은 겉보기일 뿐

본모습은 거룩하고 숭고합니다.

겉모습만 보고 불쌍히 여기면

이는 상대를 크게 모욕하는 것입니다.

모든 상대를 존경하며 받들어 모셔야 합니다.

자기를 바로 봅시다.

현대는 물질 만능에 휘말리어 자기를 상실하고 있습니다.

자기는 큰 바다와 같고 물질은 거품과 같습니다.

바다를 봐야지 거품은 따라가지 않아야 합니다.

자기를 바로 봅시다.

부처님은 이 세상을 구원하러 오신 것이 아니요,

이 세상이 본래 구원되어 있음을 가르쳐주려고 오셨습니다.

이렇듯 크나큰 진리 속에 살고 있는 우리는 참으로 행복합니다.

다 함께 길이길이 축복합시다.

평생 염화미소 화두를 지고 떠돌던 노승이 자화장을 했다고 하자 성철이 제자에게 물었다.

"열반송이 있었다며?"

"예, 여기."

성철은 제자가 내민 열반송을 읽었다.

중생을 임금으로 삼은 적 없다

그만둬라 그만둬라

돌고 돌아 깨달은 지금

불속의 꽃이로다

衆生不君 已而已而

廻廻覺今 火中生蓮

— 승僧 성무性無

중생을 임금으로 삼지 않았다면 본래면목이 평등함을 깨쳤다는 말이다. 깨친 자에게 임금이 어디 있고 중생이 어디 있겠는가.

성철이 보고 혼자 중얼거렸다.

"선자船子의 환생이로다!"

옛날 선자란 이름을 가진 화상이 한평생 노 젓고 살면서 한 말이 있다. 그는 배를 타고 떠나면서, 앉아서 죽고 서서 죽는 것이 물에 장사 지내는 것만 못하다고 했다.

"첫째, 나무를 아낄 수 있고 둘째, 땅 팔 일도 없으니 누가 내 소리를 알겠느냐. 나는 선자 화상이로다."

그러고는 장강 한복판에 가서 풍덩 빠져 죽었다. 선자는 바로 그를 두고 한 말이다.

회광반조回光返照

가을볕이 좋았다. 그 볕을 바라보며 성철은 조용히 눈을 감았다. 진리를 위해 일체를 희생했던 세월. 무엇을 했던가. 오로지 진리를 위해 세속적인 명리를 버렸다. 그렇게 모든 것을 버렸다. 진리의 길을 불교에서 찾았고 이루려 했다.

무엇을 저들에게 주었던가. 진리 외에는 그 무엇도 보지 말라 일렀던가. 진리를 위해서라면 가난하라 일렀던가. 그래서 저들이 저렇게 가난한가. 저들의 생활 위에 진리의 무게는 얼마나 되나. 그게 전체임을 내가 과연 증명했던가.

그건 그들 자신이 증명해야 한다. 그래야만 행복한 나를 만들고 화목한 이웃을 만들 수 있다. 세상은 혼자 살아갈 수가 없다. 너와 내가 조화되어야 한다. 그 속에서 인간답게 살아내는 것이 진리이기에 부처님은 "자등명법등명自燈明法

燈明", 즉 "자신을 등불 삼고 진리를 등불 삼으라" 하셨던 것이다.

1993년 불기 2537년 부처님오신날 그의 마지막 법어가 세상 속으로 나갔다.

행복이 다가오는 소리가 들립니다.
미소를 머금은 행복이 당신의 문을 두드립니다.
삼계가 두루 열리고 작약과 수련 활짝 핀 앞뜰에
벌과 나비가 춤추고
건넛산에서 꾀꼬리 소리 요란한데
어찌 몽환 속에 피는 공화空華를
혼자서 잡으려 애를 씁니까?
더불어 재미있게 사는 세상을 만들어봅시다.
높이 떠올랐던 화살도 기운이 다하면 땅에 떨어지고,
피었던 잎도 떨어지면 뿌리로 돌아갑니다.
이를 들어 연緣이니라, 윤회니라, 인과니라 합니다.
만물은 원래부터 한 뿌리이기 때문입니다.
시비선악도 본래 하나에서 시작된 것이어서
이를 가른다는 것은 마음속에 타오르는 불기둥을 끄려고
대해수를 다 마시려는 것과 같습니다.

사바娑婆에 사는 모든 사람도 원래가 하나요,
더불어 잘 사는 세상을 만들기 위해서는
시비선악의 분별심이
없어져야 하는 것입니다.
사바의 참모습은 수억만 년 동안
비춰주는 해와 같고
티 없이 맑은 창공과 같이 청정한 것인데
분별심을 일으키는 마음에서
하나가 열이 되고 열이 백이 되고
그로써 욕심과 고통이 일어나는 것입니다.
이웃을 나로 보고 내가 이웃이 되고,
열이 하나가 되고 백도 하나가 되는
융화融和의 중도를 바로 보고
분별의 고집을 버립시다.
모두가 분별심을 버리고
더불어 하나가 되어
삼대처럼 많이 누워 있는
병든 사람을 일으키고
본래 청정한 사바세계를 이룹시다.
공자, 맹자, 예수, 부처,

거룩한 이름에 시비를 논하지 말고

부처님 생신날 다 함께 스스로 자축합시다.

그는 평생 수행에서 얻은 지혜를 널리 퍼뜨렸다. 모두가 분별심을 버리고 더불어 하나가 되자, 시시비비를 떠나 모두가 함께 살아가자고 설파했다. 그것이 부처님의 법이요, 우리의 모습이라고 드러내어 말하고 있었다.

1993년 가을, 성철은 제자들에게 말했다.

"너무 오래 살았다. 나 이제 갈란다."

"스님!"

"더 살 이유가 없다. 내 할일은 다 했다."

성철은 마지막 힘을 다하여 조용히 일어나 앉았다. 이제 자신을 되돌아볼 시간도 없을 것이었다. 성철은 마지막 기도에 들어갔다.

제자들은 숨을 죽였다. 평생을 참회하고 살아온 스승, 그리하여 중생이 행복해지기를 빌었던 스승.

사미가 눈물을 글썽거리며 볼멘소리를 냈다.

"뭔 죄를 그리 많이 지었기에 저토록 참회하실까?"

큰 사형이 조용히 하라는 듯 검지를 입에 댔다. 사미가 기어이 눈물을 쏟았다.

"그래도 그렇지, 큰스님이 늦은 나이에 출가한 것도 아니고, 남보고 참회하라 카믄 몰라도…. 그럼 전생에 죄를 많이 지었는가 보네요. 안 그렇습니까?"

곁에 있던 작은 사형이 나섰다.

"그럼 니는 큰스님이 전생도 보고 있다고 생각하나?"

"부처님도 깨친 후 삼세를 훤히 보셨다 카대요"

"그럼 큰스님이 깨쳤다고 생각하나?"

"아닙니까?"

큰 사형이 어린 사미를 보며 웃었다.

"이놈아, 본시 수행인은 자기 죄가 없는 기다."

"그럼 큰스님은 왜 매일 참회하십니까?"

"남의 죄를 참회하기 때문이지."

"예?"

"남의 죄를 참회하지 않고 어떻게 극락세계가 이루어지겠느냐?"

그랬다. 성철은 그걸 알고 있었다. 그랬기에 한순간도 참회하지 않은 적이 없었다. 이 세상이 맑고 밝은 세상이 되기를 바라지 않은 적이 없었다.

'이젠 이 기도도 마지막이구나.'

문득 어린 시절이 떠올랐다.

'아, 고향 묵곡리. 그 강 이름이 뭐더라. 경호? 그래 경호강이었지. 동무들과 그 강에서 멱감던 시절…, 하늘을 날던 새들…. 그러다 아내를 만났지. 아름다웠다. 첫날밤, 그녀의 살비듬 냄새…. 아버지의 헛기침 소리. 도경이, 수경이…. 나를 이끌었던 증도가, 무자 화두…. 나는 이곳으로 와 무엇을 했나? 정말 무엇을 했나? 아무것도 한 것이 없다.'

제자가 벼루를 내왔다. 먹을 갈려고 하자 성철이 손을 내밀었다.

"내가 하마."

그는 마지막으로 먹을 갈고는 큰 붓에 먹을 듬뿍 찍어 화선지 위로 가져갔다. 붓끝이 화선지 위를 달렸다.

일생 동안 남녀의 무리를 속여서
하늘을 넘치는 죄업은 수미산을 지나친다
산 채로 무간지옥에 떨어져서 그 한이 만 갈래나 되는지라
둥근 수레바퀴는 붉음을 토하며 푸른 산에 걸렸구나
生平欺狂男女群 彌天罪業過須彌
活陷阿鼻恨萬端 一輪吐紅掛碧山

11월 4일 새벽 다섯 시, 자리에 누워 있던 성철이 제자 원택에게 말했다.

"좀 일으켜라. 답답하구나."

성철을 안고 원택은 눈물을 흘렸다. 그 큰 몸이 한 줌도 안 되어 보였다.

"자식, 좀 편하게 못하나."

타박이라기보다 제자에 대한 마지막 애정의 표현이었다.

"새벽인갑다?"

"예."

원택이 대답했다.

"이제 가야겠다."

원택이 울음을 삼켰다.

"참선 잘하그라. 다 못 보고 간다."

성철은 앉은 채 숨을 거두었다.

1993년 11월 4일 오전 일곱 시 삼십 분이었다. 경남 산청군 단성면 묵곡리에서 태어나 이십 대에 부처님의 제자가 되었고 평생을 수행에 몸 바치다 본래대로 돌아가고 있었다.

세랍 82세요, 법랍 52세였다.

돌아오는 길

산 전체가 불덩이였다. 가야산이 빛으로 둘러싸여 있었다.

퇴옹堆翁. 언제나 세상의 언덕에 서 있던 늙은이. 그 늙은이의 마지막을 보기 위해 사람들이 구름처럼 몰려들었다. 백련암 뒷산이 마치 타오르는 불꽃처럼 환했다.

가늘어지던 그의 숨소리처럼 바람이 흘렀다. 그것은 가야산을 오르는 그들의 마음이었다. 범종이 울었다. 분명히 쇳소리였으나 마음이 우는 소리였다.

노장들, 제자들이 보는 가운데 입관식이 진행되었다. 그 어디쯤 나서지도 못한 채 바라보고 선 비구니가 있었다. 바로 성철의 딸 불필이었다. 어머니가 죽었을 때도 울지 않았던 불필은 여전히 눈물을 흘리지 않았다. 비구니는 아버지의 마지막 말을 기억했다.

"내가 가면 니 내 같은 사람 또 만날 줄 아나."

그것이 인간의 인연법이었다.

은은한 종소리가 말하고 있는 것 같았다.

'그 정정했던 가야산 호랑이가 이제 본래대로 돌아가는구나.'

한순간 퇴설당 위로 새 떼가 일시에 날아올랐다.

1993년 11월 10일.

다비장에 때늦은 낙엽들이 쏟아졌다. 성철에게 그늘을 만들어주던 가야산 소나무는 다비장으로 옮겨진 그의 붉은 관이 되었다.

백련암 뒷산 하늘에서 환한 빛이 피어올랐다. 드물게 보는 방광이었다. 다비는 서른 시간이 넘게 걸렸고, 백여 과에 이르는 영롱한 사리가 나왔다.

1998년 11월 12일, 백여 과의 사리를 수습해 해인사 운양대 사리탑에 봉안했다.

성철 스님 연보

1912년 경남 산청군 단성면 묵곡리에서 아버지 이상언, 어머니 강상봉의 7남매 중 장남으로 태어남. 속명은 영주, 본관은 합천 이씨.

1919년(8세) 단성보통학교 입학.

1925년(14세) 단성보통학교 졸업. 병으로 진주중학교 입학시험 낙방. 배양리 소재 배산서당에서 1년간 《자치통감》 수학. 의학에 뜻을 두고 외국어를 섭렵.

1930년(19세) 덕산 출신 이덕명과 결혼.

1932년(21세) 2년간 일본 유학.

1934년(23세) 귀국.

1935년(24세) 지리산 대원사 선방 생활. 대혜 선사의 《서장》에 나오는 조주무자 화두 참구.

1936년(25세, 법랍 1세) 3월, 해인사 하동산 스님에게서 출가. 범어사 금어선원에서 하안거. 원효암에서 동안거.

1937년(26세) 3월 24일, 범어사에서 운봉 스님을 계사로 비구계 수지. 원효암에서 하안거. 통도사 백련암에서 동안거.

1938년(27세) 범어사 내원암에서 하안거. 통도사 백련암에서 동안거.

1939년(28세) 은해사 운부암에서 하안거. 금강산 마하연사에서 동안거.

1940년(29세) 금강산 마하연사에서 하안거. 동화사 금당선원에서 동안거 중 오도.

1941년(30세) 송광사 삼일암에서 하안거. 덕숭산 정혜사에서 동안거. 청담 스님과 교우.

1942년(31세) 서산 간월암에서 만공 선사와 하안거 및 동안거.

1943년(32세) 법주사 복천암에서 하안거. 선산 도리사에서 동안거.

1944년(33세) 선산 도리사에서 하안거. 문경 대승사 쌍련선원에서 동안거. 청담 스님의 딸 묘엄 스님 지도.

1945년(34세) 대승사에서 하안거. 대승사 묘적암에서 동안거. 장좌불와 수행 시작.

1946년(35세) 파계사 성전암에서 하안거 및 동안거.

1947년(36세) 통도사 내원암에서 하안거. 문경 봉암사에서 동안거.

1948년(37세) 봉암사에서 하안거 및 동안거.

1949년(38세) 봉암사에서 하안거. 기장 묘관음사에서 동안거.

1950년(39세) 고성 문수암에서 하안거 및 동안거. 향곡 스님과 교우.

1951년(40세) 고성 은봉암에서 하안거. 통영 안정사 천제굴에서 동안거. 신도들에게 삼천배를 권함.

1952년(41세) 천제굴에서 하안거. 마산 성주사에서 동안거.

1953년(42세) 천제굴에서 하안거와 동안거.

1954년(43세) 천제굴에서 하안거와 동안거.

1955년(44세) 남해 용문사, 백련암에서 하안거. 파계사 성전암에서 동안거.

1956년(45세) 1963년까지 파계사 성전암에서 동구불출 하안거 및 동안거.

1964년(53세) 부산 다대포 신도 별장에서 하안거. 서울 도선사에서 동안거.

1965년(54세) 문경 김룡사에서 하안거.

1966년(55세) 김룡사에서 하안거. 해인사 백련암에서 동안거. 입적까지 23년간 주석 역임.

1967년(56세) 7월 27일, 해인사 백련암 주석 역임. 해인총림 방장으로 취임. 이후 1986년까지 해인총림 방장으로 하안거 및 동안거.

1981년(70세) 1월 10일, 조계종 제7대 종정으로 추대. 1월 20일, 조계사에서 거행된 종정 추대식에 불참.

1982년(71세) 《본지풍광》 출간.

1986년(75세) 《돈오입도요문론 강설》, 《신심명증도가 강설》 출간.

1987년(76세) 《자기를 바로 봅시다》 출간. 도서출판 장경각 설립. 《선림고경총서》 발간 시작.

1988년(77세) 《돈황본 육조단경》 출간.

1991년(80세) 8월 22일, 조계종 원로회의에서 제8대 종정으로 재추대.

1992년(81세) 《백일법문》 출간.

1993년(82세, 법랍 58세) 11월 4일 오전 7시 30분, 해인사 퇴설당에서 열반. 11월 10일 해인사 다비식 봉행. 11월 12일 사리 백여 과 수습.

1998년 해인사 운양대 사리탑 봉안.

소설 성철 2

2021년 6월 21일 초판 1쇄 발행

지은이 백금남
펴낸이 정법안 **경영고문** 박시형

책임편집 정법안 **디자인** 김지현
마케팅 이주형, 양근모, 권금숙, 양봉호, 임지윤, 신하은, 유미정
디지털콘텐츠 김명래 **경영지원** 김현우, 문경국
해외기획 우정민, 배혜림
펴낸곳 마음서재 **출판신고** 2006년 9월 25일 제406-2006-000210호
주소 서울시 마포구 월드컵북로 396 누리꿈스퀘어 비즈니스타워 18층
전화 02-6712-9800 **팩스** 02-6712-9810 **이메일** info@smpk.kr

ISBN 979-11-6534-368-2 (04810)
ISBN 979-11-6534-366-8 (세트)
